고고의 구멍

고고의 구멍

현호정 장편소설

차례

제 1 장

1
마을

마을에서 아기들은 늘 쌍둥이로 태어났다.

둘이 태어나는 경우가 가장 많았고 세쌍둥이나 네쌍둥이도 가끔 있었지만, 고고 같은 홀로둥이는 거의 없었다.

그러나 고고가 태어났을 때 마을인들은 크게 안도하였는데 며칠 전 마을의 다른 가정에서 또 다른 홀로둥이 하나가 태어난 바 있었기 때문이었다.

한 배에서 난 동갑내기끼리 평생 한 '켤레'를 이루며 사는 이곳에서 홀로둥이로 태어난 자는 그해에 태어난 다른 홀로둥이와 함께 사는 수밖에 없었다. 그해에 다른 홀로둥이가 태어나지 않는다면 영영 가족을 이룰 수 없는 것이었다.

마을 사람들은 혼자 사는 것을 두려워했다. 혼자 사는 자들을 두려워했다는 표현이 더 적합한지도 몰랐다. 그들은 멀쩡하게 늙는 법이 없다고 했다. 반드시 자신을 파괴하는데 그 전에 주위 사람들의 삶을 망가뜨린다고 했다. 고고는 다른 사람들이 자신을 두려워하는 것을 두려워하는 평범한 어린이였고 그 비통한 운명으로부터 서로를 구한 노노에게 특별한 애정을 느꼈다. 훗날 노노가 이상한 병으로 고고를 떠난 뒤에도 그 감정은 쉽게 사라지지 않아 사랑은 오히려 원망과 함께 번성하는 듯했으며 그 밖의 마음들은 차근차근 분실되었다. 고고는 이 엉망을 이해해 보려 노력했었다.

마을인들은 다시 혼자가 된 고고를 마을에서 추방했다. 고고는 이 결정을 이해해 보려 노력했었다. 두려움은 가장 짙은 어둠이므로 그들은 갑자기 찾아온 밤에 놀라 제대로 앞을 볼 수 없었던 것이다. '그러나…' 고고는 생각했다. '조금만 기다렸더라면 차츰 어둠에 익숙해져서 주변의 형상을 가늠하거나 다른 감각들로 사물을 인지할 수 있었을 텐데.' 고고는 오랜 시간 노노와 노노의 병을 홀로 돌보며 이미 두려움에 익숙해질 대로 익숙해졌고, 이제는 시시각각 달라지는 두려움의 명암을 발견할 만큼 노련해졌으므로 다른 마을인들도 그렇게 되기를 바랐지만… 그들은 고고와 달랐다. 그들은 고고와 달리 이 어둠을 홀로 마주하고 있지 않은 것이었다. 그들은 서로서로 켤레를 이루어 함께였고, 편을 이루어 한 덩이였다.

혼자인 고고가 간단한 살림살이만 챙겨 등 떠밀리듯 마을을 나왔다. 마을에서 태어나 마을에서 죽을 운명을 답답한 외투처럼 굳게 붙든 이웃들이 배웅을 나왔다. 다 해봐야 고작 스무 가구 남짓인 그들은 실제로 모두 추워 보였다. 일 년이 오직 겨울로만, 조금 더 추운 겨울과 조금 덜 추운 겨울로만 이루어진 극지에 터를 잡은 탓이었다. 그들이 둘씩 짝지어 둘러쓴 붉은 외출용 담요가 오로라 아래서 번쩍번쩍 빛을 내는 듯했다. 그들은 고고가 마을 바깥에서 행복하기를, 누구의 삶도 파괴하거나 망가뜨리지 않으면서 잘 늙어가기를 바란다고 말해주었다. 그따위 축복에 답례할 저주의 말은 고고에게 얼마든지 있었다. 고고는 노노가 가르쳐 주었던 모질고 고약한 욕설들을 하나하나 짚어보다 자기도 몰래 아주 잠깐 울음을 터뜨렸다. 돌발적인 재채기나 기침처럼 찰나에 발사된 울음을 간신히 움켜쥔 뒤에, 고고는 이것이 자신의 미래에 속해 있던 마지막 울음임을 직감했다. 혹은, 앞으로 어떤 일이 있어도 다시는 울지 않겠다고 다짐했다.

2
둥지

  두 시간쯤 걸은 뒤에 고고는 처음으로 멈추어 섰다. 너무 길어 바닥에 끌리는 붉은 외출용 담요를 벗었다. 그러고는 그 두툼한 직물 덩어리를 짐 보퉁이에 접어 넣었다. 마을에서 멀어질수록 공기가 따뜻해지고 있었다. 고고는 이 현상을 이해할 수 없었다. 마을의 어른들은 '망울'이라는 이름의 이 세상이 커다란 둥지와 같은 모양이라고 가르치지 않았던가? 마을은 망울의 중심. 둥지의 가장 깊고 안락한 곳. 여기서 멀어지는 길은 깡그리 오르막이라고.

  높은 곳은 낮은 곳보다 추우므로, 공기는 점점 더 차가워져야 마땅했다. 계속해서 이마에 부딪히는 따뜻한 바람이 아니었더라면 고고는 자신이 열병을 앓기 시작한 것이라 착각했을지도 몰랐다. 이 미스터리는 망울이 단 하나의 대륙으로 둘러싸인 자그마한 행성이라는 사실을 알아야 풀렸다. 마을은 나지막한 분지지만 망울의 북극에 위치해 기온이 낮고, 마을을 산맥처럼 에워싼 바깥 지역은 마을에서 멀어질수록 적도에 가까워지며 온대성 기후대인 습지와 열대성 기후대인 협곡을 형성하는 것이었다. 그러나 고고를 포함한 마을인 가운데 이 사실을 알고 있는 사람은 거의 없었다.

게다가 이 모든 설명은 망울의 북반구에만 해당되는 이야기였다. 망울의 남반구에 관해서는 알려진 바가 더욱 없었다. 위도가 낮아질수록 험준해지는 협곡을 지나 적도의 하늘을 찌를 기세로 솟아난 '탄치산맥'을 통과할 만큼 튼튼한 다리를 가진 자는 지금껏 없었으므로. 탄치, '숲으로 된 이빨'이라는 이름이 알려주듯이 그 산맥의 산들은 하나같이 검고 단단하고 날이 서 있었으며 미끈하기까지 해 오르기도 어려웠거니와 어찌어찌 올랐다 해도 살아서 내려오는 게 거의 불가능했다. 상황이 이렇다 보니 마을에서는 탄치산맥 너머인 남반구를 가리켜 '새들의 땅'이라 불렀다. 둥지를 떠나 제힘으로 날아오를 준비를 마친 새들만이 갈 수 있는 땅이라는 뜻으로.

두 시간쯤 더 걸은 뒤 고고는 신발을, 그러니까 발이

얼음에 베이거나 동상 입지 않게 막아주는 벙벙한 털신을 벗어 보통이에 아무렇게나 쑤셔 넣었다. 촘촘하게 짠 양말의 바닥을 거쳐 고고의 발바닥으로 곧장 스미는 땅의 기운에는 냉기랄 것이 전혀 없었다. 오히려 미약한 온기마저 느껴지는 듯했다. 고고는 신기한 마음에 여기저기를 자꾸 걸어보았다. 마을에 살던 시절, 눈보라가 치는 밤이면 종종 작은 동물들이 사람들의 천막 안으로 들어와 잠을 자곤 했다. 그들이 마음대로 드나들 수 있도록 마을의 모든 천막에는 작은 문이 하나씩 나 있었고, 그 문은 가장 자주 이용하는 동물의 이름을 따 '족제비문'이라 불렸다. 막 들어오면 온몸이 눈으로 빚어진 듯 차갑고 새하얗지만, 푹 자고 몸이 따뜻해지면 귀와 배와 발바닥의 얇은 피부에 연한 분홍이 돌던 족제비들. 말갛게 갠 아침, 정결한 눈밭 위로 미련 없이 뛰어나가는 족제비들의 뒷모습에서 알 수 없는 서글픔을 느끼다, 고 조그만 항문까지 분홍으로 변한 것을 발견하고는 웃었던 기억. 이부자리를 정리하다 그들이 밤새 몸을 말고 누웠던 곳을 밟았을 때 느껴지던 미약한 온기란 얼마나 달콤했는지. 누가 남몰래 입에 사탕을 넣어줬다 해도 마음이 그만큼 부드러워지지는 못했을 것이다. 기억 속 그 온기를 떠올리게 하는 은은한 온기가 지금은 고고가 발을 디디는 곳마다 있었다. 땅 전체에 얼마든지 퍼져 있었다. 고고는 그 사실에 어쩐지 소름이 끼쳤다. '따뜻한 곳에서는 온 세상을 이부자리처럼 느끼게 되는 것일까? 어떤 여정도 베개의 양옆을 오가는 정도로 느껴진다면 갑갑할 거야.' 고고는 날이 밝자마자 바깥으로 뛰쳐나가던 흰족제비의 마음을 알 수 있을 것 같았다. 마을은 그립지 않으나 추위가 그리워졌다. 마을이 그립지 않은 것은 예상한 일이었지만 추위가 그리워진 것은 전혀 예상 밖의 일이었다. 그것은 고통이 아니었던가?

고고는 잠시 멈추어 머리와 어깨를 털었다. 몸에 쌓인 눈을 털듯 마음에 쌓인 불필요한 기억을 털어낸다는, 마을인들의 가벼운 의식 혹은 제스처. 그러나 고고가 털어내고자 하는 것은 마을에 관한 기억이므로 최종적으로는 이 터는 행위마저 털어내야 한다. 고고는 털던 손을 멈추고 잠시 그 손을 어찌할 줄 몰라 쳐다보다가 주먹을 쥐기로 결정했다. 고고는 주먹을 쥐고 계속 걸었다.

발에 닿는 흙이 질척해질 무렵에는 더 이상 걸음 수나 시간을 헤아리지도 않았고 피로도 잊은 지 오래였다. 도망이 아니니 서두를 것 없었거니와 초대가 아니니 준비할 것도 없었다. 쫓아오는 자도 기다리는 이도 없이 그저 자신의 속도로. 그러나 여유는 없었다. 고고는 자꾸만 눈앞에 들이닥치는 세계를 등 뒤로 밀쳐내듯 걸었다. 한 발짝, 한 발짝이 '비켜, 비켜'를 의미하는 몸짓말과 다름없었으므로 고고는 차차 더욱 정확하고 효율적인 동작으로 걸었다. 마침내 이를 알아들은 세계가 눈치껏 귀 뒤로 사라지는 소리. 어느새 머릿속이 희어졌다.

고고의 구멍

3
습지

정강이 깊이까지 오는 진흙 웅덩이에 빠져 주저앉은 뒤에야 꿈에서 깨듯 고고는 걸음을 멈췄다. 어쩐지 웃음이 나왔다. 미소 띤 채 그대로 앉아 손을 들어 올렸다. 이마에 맺힌 땀을 닦기 위하여 뻐근한 주먹을 열었다.

이미 몇 겹의 장갑을 다 벗어낸 후라 이제 고고의 손에는 마을인들에게는 속옷과 다름없는 얇고 가벼운 장갑이 남아 있을 뿐이었다. 고고는 주위를 둘러보았고, 더위와 부끄럼을 뒤섞어 얼굴을 붉혀가면서, 모종의 쾌감으로 비밀스럽게 몸을 떨면서 천천히 그것들을 벗었다. 손가락 사이로 개운한 바람이 지났다. 손금 하나하나를 따라 흐르던 미세한 땀방울들이 찰나마다 증발하는 것을 고고는 느낄 수 있었다.

땀으로 반짝이는 손바닥처럼 온몸이 매끄러운 도롱 농 하나가 촉촉한 발바닥으로 첩첩 소리를 내며 고고에 게 다가온 것은 그때였다. 고고는 순간적으로 그가 다른 동물이 갓 낳은 새끼라고 생각했는데 그에게 털이 하나 도 없었기 때문이었다. 고고는 그의 어미를 찾아주기 위 해 손을 내밀었다. 그러자 그는 고고가 내민 손을 힐긋 쳐다보고는, 어색한 표정으로 고고의 눈을 잠시 올려다 보다 다시 첩첩 소리를 내며 걸어갔다. 고고는 그 태연 한 태도로 말미암아 그가 이미 다 자란 지 오래된 어엿 한 성체임을 깨달았다. '물 밖에 살면서 털이 없는 동물 이라니.' 깨달음은 두려움으로 이어졌다. 고고는 굳은 얼 굴로 다시 주변을 둘러봤다. 가늘고 길쭉한, 둥글고 반들 반들한, 다리가 많고 단단한, 작고 납작한 동물들이 저마 다 털 없이 축축한 모습으로 고고를 관찰하고 있다가 바 스락 소리를 내며 숨었다. 지금껏 전혀 모르던 생물들이 버젓이 활보하는 곳에서 이제 그들과 더불어 살아가야 한다는 사실이 와닿자 덜컥 겁이 났다. '그러나 제일 두 려운 것은 그리움이다.' 고고는 생각했다. 한번 추방당한 자는 돌아올 수 없다는 마을의 규칙이 마을 사람들과 다 시는 만나고 싶지 않은 자신에게 가혹하게 느껴지던 이 유를 이제야 알 것 같았다. 마을에 사는 건 마을 사람들만이 아니었다.

웅덩이는 고고의 다리를 조금씩 더 빨아들였다. 고고
는 한참 용을 쓰다 겨우 나무뿌리 위에 올라섰다. 얼음
처럼 단단한 것이 발바닥에 닿자 마음이 편안해졌다. 지
표면 밖으로 불뚝불뚝 튀어나온 거대한 뿌리들은 서로
꼼꼼히 얽히어 이어져 있었다. 그 위에 걸터앉은 채 고고
는 먼 옛날, 뜨거운 나무의 뿌리와 차가운 나무의 줄기
가 뒤엉켜 굳어 최초의 대지를 만들었다는 창조 신화 속
한 단락을 떠올렸다. 신화에 따르면 태초의 차가운 나
무가 뜨거운 나무의 뿌리 쪽으로, 그러니까 위가 아니라
아래쪽으로 거꾸로 자라날 결심을 한 건 차가운 나무의
참담하고 부끄러운 심정 때문이었다고 했다.

이 모든 이야기들을 고고는 바위로부터 배웠다. 마을
에서는 지식 혹은 지혜라 말할 수 있는 이야기들을 돌에
새겨 이곳저곳에 놓아두고 그 돌을 누구든 자유롭게 줍
고 읽고 버리는 방식으로 서로를 교육했다. 먹을 수 있
는 식물과 먹을 수 없는 식물을 구별하는 법, 독이 있는
열매의 독을 제거하는 법, 새의 알을 요리하는 법을 포함
해 마을의 역사적, 문화적, 지리적 특징들과 규칙처럼 길
고 중요한 이야기가 새겨진 커다란 바위들이 있었고, 속
담이나 처세술 혹은 농담을 가장한 진리처럼 짧고 가벼

운 이야기가 새겨진 작은 돌들이 있었다. 몸이 약해 수렵 채집에 참여할 수 없는 이들이 날카로운 뼛조각 따위로 따라 긋기를 소일거리 삼는 덕에 이야기의 금들은 풍화와 침식의 운명을 벗어나 나날이 선명했으며, 그 파인 깊이로 말미암아 이야기의 중요성이랄지 인기를 가늠케 하기도 했다.

'이곳에는 바위랄 게 거의 없구나.' 고고는 주변을 재차 둘러보았다. 멀리 있는 것들을 한참 건너다보기도 하고 가까이 있는 것들을 오래 들여다보기도 했다. 그러던 눈에 사람들이 자주 만지거나 살펴보지 않아 지의류로 감싸인 돌멩이를 닮은 둥근 것이 어기적어기적 걸어오고 있는 모습이 보였다. 진녹색 두꺼비 한 마리가 저쪽 뿌리서부터 다가와 무심히 고고의 앞에 선 것이었다. 고고가 떨리는 손바닥을 펼쳐 내밀자 두꺼비는 오랜 시간에 걸쳐 그 위로 올라오더니 잠시 자리를 잡고 앉아 있었다. 고고는 그 두꺼비의 배가 차갑게 느껴졌기 때문에 그가 지금 자신에게 피부로 체온을 나눠 받고 있는 중임을 알 수 있었다. 마을에서 족제비들에게 그러했듯이, 혹은 어린 토끼나 여우들에게 그러했듯이 고고는 손가락으로 그의 정수리를 간질여 주려 했다. 하지만 두꺼비는 고고의 손이 머리에 채 닿기도 전에 두 눈을 움츠리더니 손바닥 위에서 펄쩍 뛰어내려 가버리고 말았다. "미안해!" 고고는 급히 두꺼비에게 사과했다. 두꺼비는 잠시 눈을 뒤룩거리다 변온동물 특유의 자비롭고 만족스러운 미소로 고고를 한 번 돌아보고는 계속 갈 길을 갔다. 그가 꾸준히 뿌리 위로만 걸어가는 것으로 보아 습지의 동물들은 이런 식으로 나무뿌리들을 길 삼아 움직이는 듯했다. 한 나무에서 다른 나무까지, 이 나무에서 저 나무까지 평균대를 건너듯 뿌리 위를 걸으면 원하는 지점으로 갈 수 있었다.

고고는 몇 차례 미끄러질 위기를 넘기며 나무들 사이를 오갔고 곧 짐에서 날카로운 주먹 돌 하나를 꺼냈다. 이 나무뿌리들이 분포한 모습을 어딘가에 대강 새겨둘 참이었던 것이다. 그러나 마땅한 널돌을 찾을 수 없어 조금 더 짐을 헤집었다. 잠시 고민하던 고고는 개켜서 집어넣어 둔 붉은 외출용 담요를 꺼내 펼쳤다. 그리고 돌부리에 진흙을 묻혀 최초의 지도를 그리기 시작했다.

4
구멍

삼 년이 지나자 담요 한 면이 지도로 가득 찼다. 고고는 그것을 자신의 꼭대기 둥지 위 차양으로 씌웠다. 그러나 튼실한 나뭇가지 사이에 꼭 맞게 지어둔 널찍한 둥지로 햇빛이 쏟아지기 시작하면 몸을 굴려 차양 아래로 들어가도 잠은 달아나 버리기 일쑤였다.

아쉬운 마음에 고고는 둥지 바닥을 폭신하게 채운 이끼와 나뭇잎 속으로 자꾸만 파고들었다. 고고가 습지에 자리를 잡은 후 몇 년에 걸쳐 구축한 이 이부자리는 일부러 돋우지 않아도 팡팡했고 눌러 다지지 않아도 탄탄했다. 잘 만든 이부자리는 늘 숲의 냄새를 내며 깊은 늪처럼 고고를 묶어두었고 그 속박을 풀 수 있는 주문은 세상에 딱 하나뿐이었다. 꼬르륵 소리. 고고가 부스스 몸을 일으켰다.

고고는 밧줄로 만든 사다리를 타고 조금 아래에 있는 나뭇가지로 내려갔다. 그 가지에도 둥지가 하나 붙어 있었다. 고고가 자던 꼭대기 둥지보다는 작았지만 인간인 고고 몸에 맞게 지었으므로 다른 동물들의 다른 둥지들보다는 훨씬 커다란 것이었다. 이 두 번째 둥지에 고고는 먹을 것을 보관했다. 배는 고프지만 딱히 구미가 당기는 게 없는 오늘 같은 날에는 도토리 과자가 제일 나았다. 고고는 불룩한 흙 그릇의 뚜껑을 열어 판판히 쌓인 둥그런 과자들 중 하나를 꺼내 들었다. 만들어 둔 지 오래되어 처음보다 많이 딱딱해진 그것을 우둑우둑 깨물어 먹으며 고고는 생각했다. 씹기에 이가 아프니 국을 좀 끓여 곁들여야겠다고.

고고는 과자를 입에 문 채 다시 첫 번째 둥지로 올라갔다. 서두를 것도 고민할 것도 없었다. 가까운 못으로 가서 수초를 건지고, 오는 길에 버섯 몇 가지와 짠맛이 나는 열매 약간을 채취해 깨끗한 물과 함께 한꺼번에 솥에 넣고 모닥불에 올린 뒤 되는대로 푹푹 끓이면 그만이니까. 시절은 여름. 언제나 예상보다 푸짐한 한 끼를 숫제 쩔쩔매며 먹게 되는 계절이었다.

'계절.' 마을에 살던 시절 고고는 그것이 이다지도 놀라운 일인지 알지 못했다. 여름이 되어 공기가 따뜻해지면 사람들의 몸과 마음이 녹고 겨울에 미처 할 수 없던 일들을 할 수 있게 된다는 것 정도는 알고 있었지만, 그 변화의 범위와 세기에 압도된 적은 없었던 것이었다. 마을의 계절이 시간의 변화로 느껴졌다면 습지의 계절은 공간의 변화로 느껴졌다고 할까. 매년 겨울이면 고고는 마을로 되돌아갔다가 봄과 함께 재추방되는 듯한 감정을 느꼈다. 마을에서 겪었던 모든 일들이 매년 겨울바람의 형태로 고고를 압도했고 고고는 그것이 기억이라는 사실조차 자각하기 어려웠다. 고고는 자신이 병들거나 다치지 않았는데도 이렇게 앓고 있는 이유를 알 수 없었다. 그저 습지의 다른 동식물처럼 잠에 파묻혀 매일을 보냈다. 구역질이 날 때까지 굶다 한밤중에 부스스 일어나 손에 잡히는 것을 전부 입에 욱여넣었다. 그러고는 이 모든 것이 꿈이기를 기도하며 다시 잠들었다.

머리를 흔들어 겨울의 기억을 몰아낸 고고가 다시 지도를 살폈다. 이윽고 행로를 정하고 차양 그늘 밖으로 굴러 나왔다. 나무 아래로 내려가 가장 굵은 뿌리 위에 서자 기분 좋은 설렘이 햇살과 함께 발바닥을 간질였다. 고고는 능숙하고 가벼운 발걸음으로 뿌리 위를 걸었다. 고고가 지나갈 때마다 무언가를 갉아 먹던 작은 다족류

들이 익숙한 듯 흩어졌다가 다시 올라와 제 할 일을 했다. 그렇게 나무 몇 그루를 거치자 고고의 눈앞에 웅덩이 하나가 나타났다. 진득거리는 늪들 가운데 그나마 맑은 물을 지닌 웅덩이였다. 고고는 바닥에 떨어진 나뭇가지 하나를 주워 물에 푹 찔러 넣었다가 들어 올렸다. 고약한 비린내가 곧 군침 돌게 하는 새큼한 냄새에 밀려나며 짙은 녹색의 수초가 긴 머리카락처럼 걸려 올라왔다. 그것을 어깨에 메고 빙 둘러 둥지 나무로 돌아가며 흰 버섯을 몇 가지 골라서 땄다. 고고는 절대로 왔던 길을 그대로 되돌아가는 법이 없었다.

둥지로 돌아가기 전 마지막으로 고고는 거울처럼 사용하는 작은 웅덩이 앞에 들렀다. 거기 쪼그리고 앉아 하룻밤 새 달라진 얼굴을 찬찬히 뜯어보는 건 고고가 이곳에 정착한 이후 삼 년간 중요하게 지키고 있는 아침 일과였다. 얼굴은 매일 아침 달랐다. 그 전날의 계절에 따라, 기온에 따라, 습도에 따라, 먹은 음식이나 한 활동에 따라 달라진 인상을 보고 고고는 자신의 어제를 평가하곤 했다. 벌레에 물린 자국이나 눈곱이 낀 위치로 새날의 운수를 점치기도 했다. 그 과정이 끝나고 나면 윗옷을 벗고 웅덩이 물을 얼굴에 시원스레 끼얹어 모든 흔적을 지워버렸다. 말간 얼굴로 처음부터 다시 태어나는 것이었다.

그러나 오늘 고고는 그럴 수 없었다. 웅덩이 앞에 앉아 비명을 지른 것은 오늘이 처음이었다. 습지의 온갖 동식물까지 깜짝 놀라 생태계가 잠시 정지할 만큼 끔찍한 비명이었다. 그 무시무시한 소리에 놀라지 않은 자는 오로지 고고뿐이었는데 더욱 끔찍하고 무시무시한 것에 이미 압도적으로 놀라고 있었기 때문이었다.

구멍이었다.
가슴에 구멍이 하나 생겨 있었다.

5
동심원

그것은 꿈이 아니었기에 깨지지 않았고 환상이 아니었기에 사라지지 않았다. 수없이 눈을 감았다 뜨기를 반복하던 고고가 결국 지쳐 체념한 채 구멍의 주변을 더듬거려 보기 시작할 때도 구멍은 변함없이 거기 존재했다.

그러나 말 그대로 '변함없이' 거기 존재한 것은 아니었는데, 고고가 숨을 들이쉬거나 내쉬거나 자세를 바꾸거나 할 때마다 구멍도 조금씩 찌그러지거나 잡아 늘여지거나 했기 때문이었다. 어쨌거나 중요한 것은 그 구멍이 고고의 가슴에 계속 있었다는 사실과 앞으로 얼마나 더 있을지 모른다는 사실이었다.

이윽고 일시적으로 침착함을 되찾은 고고는 자신의 구멍에 관해 몇 가지 실험과 관찰을 시도하기에 이르렀다. 그를 통해 알게 된 사항들이란 평범한 구멍들에도 대부분 적용되는 것들이었다. 예컨대, 물질이 통과했다. 바람이라든가, 물이라든가, 냄새, 소리, 연기, 빛이. 창문을 통해 집 안팎으로 물건을 주고받듯이 고고를 사이에 두고 물건을 주고받는 것도 가능할 터였다. 구멍 안을 들여다보거나 구멍 밖을 내다보는 것도 가능했으며 크기만 잘 가늠한다면 그 안에 뭔가를 끼워 넣어 대강 수납할 수도 있어 보였다. 그리고 고고는 급작스레 자신에게 부여된 이 모든 기능들에 관해 이루 말할 수 없는 수치를 느꼈다.

그러나 수치란 얼마나 추상적인 고통인지. 저 먼 데서 들려오는 천둥소리처럼, 얼마나 멀리 있는지. 반면 고고가 마른 입술을 적시려 웅덩이 물을 한 모금 마셨을 때 느낀 고통은 조금의 관념도 섞이지 않은 그 자체로 명백하고 선명한 고통이었다. 목구멍으로 흘러 들어간 물이 도로 가슴으로 흘러나올 때의 저릿함이란. 아림이란, 쓰림이란, 타는 듯한 뜨거움이란… 고고는 가슴을 부여잡고 한동안 숨을 헉헉거렸다. 아팠다. 가슴이 이렇게 아플 수 있다는 것을 고고는 태어나 처음 알았다.

통증이 어느 정도 잦아들자 고고는 천천히, 그러나 가능한 한 빨리 꼭대기 둥지로 올라가 최대한 편안한 자세로 누웠다. 높이 솟은 풀줄기 몇 가닥이 고고의 심장을 꿰뚫은 화살처럼 고고의 구멍을 통해 하늘로 뻗었다. 고고는 화살을 뽑듯 그것을 잡아 뜯었다. 그리고 소름 끼치는 그것을 나무 아래로 던져버렸다. '병에 걸리거나 다쳤을 경우…' 고고는 침착해지기 위해 중얼거렸다. '병에 걸리거나 다쳤을 경우 잘 먹고 푹 자고 물을 많이 마신다. 활동을 줄이고 행복한 상상을 한다.' 이것은 고고가 정립한 습지의 독거 생활 방침 중 하나였다. 고고는 벌떡 일어나 가장 질긴 천으로 가슴을 칭칭 동여맸다. 그리고 아침에 먹다 남은 도토리 과자를 조금 부수어 입에 넣고 오래 씹었다. 입 안에서 과자가 죽이 되자 천천히 목구멍으로 넘겼다. 다행히 아까 물을 마시던 때처럼 극심한 고통이 찾아오지는 않아서 고고는 침착하게 계속 먹었다. 그러나 얼마 지나지 않아 가슴의 구멍에서 무언가 울컥하는 느낌과 함께 뜨뜻미지근한 것이 밀려 나왔다. 붕대에 배어 나온 것을 손가락으로 문질러 맡아보니 도토리 냄새가 났다. '먹고 마신 게 전부 이 구멍을 통해 나오고 있어.' 고고는 이제 수치도 통증도 아닌 공포에 몸을 떨었다. '이제 나는 굶어 죽게 되는 걸까?'

가슴을 다시 싸매고 이끼와 낙엽 속에 몸을 깊이 밀어 넣었다. 먹고 마시는 건 제대로 할 수 없을지라도 할 수 있는 다른 일들이 있었다. 푹 자고 활동을 줄이고 행복한 상상을 하는 것이었다. 고고는 눈을 감고 입을 다물고 돌아누웠다. 행복한 상상을 해야 했다. 상상이란 지금 없는 것을 생각하는 것. 고고는 앞으로 자신이 갖게 될 것들을 생각하려 노력했다. 더 큰 보금자리, 더 날카로운 돌칼, 더 고운 빛의 비늘… '그러나 내가 죽게 된다면 이 모든 것을 도대체 어떻게 갖지?' 고고는 반대편으로 돌아누웠다. 머릿속이 새벽의 눈밭처럼 텅 비었다. 그 눈을 뽀드득뽀드득 지르밟으며 노노가 다가온다. 고고는 깜짝 놀라 눈을 떴다. 그러다 자신이 노노를 떠올린 것이 아주 오랜만이라는 것을 깨달았다.

고고는 다시 처음 방향으로 돌아누워 눈을 감았다. 머릿속 눈밭으로 돌아가 거기 한없이 내리는 눈을 뭉쳐 원하던 것을 전부 만들었다. 고고는 자기 등 뒤에 누워 있는 노노를 상상했다. 아프지 않은 노노를, 자신을 떠나지 않는 노노를 상상했다. 노노와 처음부터 이곳 습지에서 태어나 자라고, 마을 같은 건 애초에 모르고, 일평생 둘만 더불어 사는 세계를 상상했다. 그러다 한날한시에 눈 감는 상상을, 숫제 한날한시에 쌍둥이로 태어나 함께 눈 뜨는 상상을 했다. 고고는 실제로 눈을 떴다. 상상 속 노노도 눈을 떠야 하는데 그러지 않았다. 고고는 자기 머리통을 움켜쥐고 다시 제대로 상상해 보려 애썼다.

지쳐 잠이 들었다가 깨어나자 벌써 밤이었고 구멍은 조금도 메워지거나 작아지지 않은 그대로였다. 고고는 느릿느릿 나무에서 내려와 화덕에 불을 붙였다. 얼마간 불을 쬐다가 주전자에 물을 끓여 차를 만들기 시작하자 빛과 열을 좋아하는 곤충들이 하나둘 모여들어 고고의 어깨에 내려앉았다. 만약 구멍을 천으로 싸매고 있지 않 았더라면 그들은 둥그렇게 빛을 통과시키는 고고의 구 멍을 들락거렸을 것이었다. 고고는 주전자에만 시선을 고정했다. 몇 년 전 물가에서 주운 이 양철 주전자는 마 을에서 떠내려온 모양으로 둘 이상의 사람들에게 적당 한 큼지막한 것이었다. '너희들이라도 차를 마실 수 있으 면 좀 위로가 될 텐데.' 고고가 금날개나방에게 시선을 돌리자 금날개나방은 곧바로 날아가 버렸다. 고고는 나 방이 날아가는 양을 한참이나 눈으로 좇았다. 어둠과 원 경에 익숙해진 고고의 눈에 협곡의 가파른 봉우리들이 어른어른 들어오는 것도 같았다. 고고는 그것들을 다시 한참 쳐다보았다.

목이 마른 고고가 작은 컵에 한 잔의 차를 따른 뒤 차 마 마시지 못했다. 대신 고고는 그나마 마른 땅에 주전 자를 대고 원을 하나 그렸다. 그리고 중심에 점을 하나

찍었다. 그러고는 점을 중심으로 작은 동심원을 두 개 그렸다.

첫 번째 동심원인 가장 작은 원이 마을이었다.

두 번째 동심원이 이곳, 습지였다.

세 번째 동심원에 고고는 빗금을 그려 넣었다. 협곡에 관해서는 들어본 적이 있었다. 들어본 적만 있었다.

'사람보다 큰 사람', '뭇사람의 어버이'로 불리는 협곡인들은 '땅의 수호자'라는 별명도 가지고 있었다. 크다거나 어버이라거나 하는 표현은 비유이기도 하고 아니기도 했는데 협곡인들의 평균적인 몸집이 마을인들에 비해 서너 배는 컸기 때문이었다. 그들은 그 강인하고 커다란 신체를 사용해 망울 북반구에 산발적으로 분포된, 분포되어 있을 뿐 아니라 계속 생겨나기까지 하는 크레이터들을 손보는 일을, 그리하여 그들의 땅이 조각조각 흩어지지 않도록 막는 일을 한다고 알려져 있었다. 마을과 협곡 사이에 놓인 습지의 존재는 마을인과 협곡인의 교류를 자연스레 단절시켰지만, 일 년 중 단 하루, 마을의 하지 축제에 '신성한 내리막 메우기' 의식을 행하러 협곡인들이 마을을 찾아왔던 것을 고고는 기억하고 있었다. 두 개의 열로 이뤄진 행렬의 뒤를 홀로 따르던 어린 시절에도, 몰래 대열에서 벗어나 노노와 함께 뒤로 숨어들

던 청소년기에도, 고고의 눈에 비친 협곡인들은 호들갑
스러운 소인들에 둘러싸인 채로도 의심의 여지 없이 진
중해 보였다. 그 모습으로부터 어쩔 수 없는 경외가 반
항심과 의심을 뚫고 울컥울컥 올라오기도 했지만, 그 감
정이 경배로까지 이어지지는 않았다는 점에서 고고는
대다수의 마을인들과 달랐다. 마을인 중에서도 협곡인
들을 특히 경배한 무리는 크레이터에 빠져 죽은 가족이
나 친구를 둔 사람들이었는데, 일 년 내내 눈이 내리는
마을의 특성상 크레이터가 눈 아래 감춰져 거대한 함정
이 되는 경우가 종종 있어온 것이었다.

  협곡인들이 협곡 지대의 크레이터뿐 아니라 마을의
크레이터까지 살피고 메우는 이유를 고고는 늘 이해하
기 어려웠다. 마을의 늙은이들에게 물어봤자 경건하게
찌푸린 얼굴을 하고서 손가락을 하나 펴 하늘을 가리키
거나 입술에 가져다 댈 것이 뻔하니 물어서 알아내기도
애저녁에 포기한 터였다. 그 모든 기억들이 샘에서 솟아
나는 물처럼 고고의 구멍에서 솟아올라 머릿속을 채운
다. 고고는 크게 한숨을 내뱉었다.

  '크레이터란 땅에 뚫린 구멍이지.'

  고고는 생각했다.

  '협곡인은 내 몸의 구멍보다 훨씬 거대한 땅의 구멍들

을 다루는 자들이니 내 구멍에 대해서도 아는 바가 있을
지 몰라.'

고고는 생각했다. 이윽고 짐을 꾸렸는데, 짐은 처음 마
을을 떠나던 때보다도 훨씬 적었지만 짐을 꾸리는 시간
은 그보다 수 배 오래 걸렸다.

6
협곡

    고고는 물줄기를 따라 걸었으므로 지도나 나침반이 필요하지 않았다. 망울에서는 사람이든 동물이든 전부 그런 식으로 길을 찾았다. 모든 강은 협곡의 고지에서 발원해 방사형으로 뻗어나가며 땅속으로 파고들었다가 고도가 낮아지면 슬그머니 머리를 내밀었다. 그러다 낮은 기온을 더 이상 견딜 수 없게 되면 맑게 얼어붙어 멈추는 것이었다. 그러니 땅의 중심으로 가고자 한다면 물길대로, 땅의 가장자리로 가고자 한다면 물길과 반대로 걸으면 되었다.

    땅의 중심으로 향하는 뱀 떼처럼 굽이지며 한곳을 향하는 강의 흐름에서는 우유부단이 아니라 확고한 안심이 느껴졌다. 지금 작은 단위로 흔들린다고 최종 목적지에 도달 못 하지는 않는다는 자신감이었다. 혹은 이렇게 구부렁구부렁 가다가 내 머리가 닿는 곳이 곧 목적지라는 오만이기도 했다. 그것이 아니라면, 혹은 그것에 더하여, 마지막 닿을 자리 따위 아예 염두에 두지 않고 슬렁슬렁 흐름을 즐기는 순박함이기도 했다. 그래서 고고는 강을 따라 걷기를 좋아했다. 고고는 강을 따라 걸었다.

한 걸음 뗄 때마다 구멍을 통해 빠져나가는 공기의 뭉툭한 부피감, 점점 더 견디기 어려워지는 갈증과 허기 따위만 아니었더라면 조금은 즐거웠을지도 모를 여정이었다. 주울 것들도 많았다. 작은 돌이나 뼈, 씨앗이나 깃털 같은… 예전에는 무언가를 주울 때 주로 빛깔을 살폈다면 지금은 모양과 크기를 살피고 있었다. 둥근 것, 납작한 것, 구멍의 크기와 닮은 것을. 꼭 그런 물체들을 만나면, 고고는 그것을 자기 구멍 속에 끼워 넣어보기도 했다. 맨 처음 집어넣어 본 것은 조약돌이었는데 고고가 강변을 걷고 있었으므로 당연한 일이었다. 걷느라 상쾌해진 기분이 구멍에 대한 증오를 강화했다. 증오는 발랄한 충동이 됐다. 고고는 적의 숨통을 혹은 자신의 숨통을 끊듯 단호한 태도로 적당한 크기의 돌을 가슴에 푹 찔러 넣었다.

돌이 생각보다 너무 차가워서 고고는 조용히 놀랐다.

고고의 구멍

뻑뻑한 통증은 그다음으로 느껴지는 감각이었다. 곧 구토감과 비슷한 느낌이 치받더니 입으로 울음이 북받치기 시작했다. 고고가 급히 가슴의 구멍에서 돌멩이를 빼 강물로 던져 넣은 뒤에도 울음의 기세는 쉽사리 멈추지 않고 배의 속과 가슴의 속을 아우르는 몸통 전체를 돌아다니며 끓고 또 끓었다. 고고는 제대로 서지도 앉지도 못하고 엉거주춤 허리를 숙인 채로 기다렸다. 울음이 나오려 한다면 차라리 구토를 할 결기로 손가락을 입 가까이 가져다 댔다. 그러자 배 속의 울음은 움직이기를 멈추고 스스로 사그라들었다. 고고는 떨리는 숨을 여러 번 내쉰 뒤 허리를 폈다.

고고는 윗옷을 벗었다. 가슴을 다시 싸매고, 윗옷을 다시 입으려다 그만두고는 어깨에 걸친 뒤 걸음을 내디뎠다. 그러자 처음 마을에서 습지로 걸어 나오며 외출용 담요를 벗던 때가 생각났다. 고고는 그 겉옷을 참 좋아했었다. 천막에서 나오기 전 문 앞에서 두툼히 둘러 눈 부위를 제외한 전신을 푹 감싸고 나면 어떤 추위도 두렵지 않았으며, 아직 이부자리에서 나오지 않은 것처럼, 그러므로 하루 동안 겪어야 할 모든 일들이 이미 꿈인 것처럼 평화롭기까지 했던 것이었다. 그 평화를 얼음처럼 녹여 사라지게 한 습지도 고고는 충분히 따뜻하다고 생각했는데, 거기서 기온이 더 높아질 수도 있다니. 북극에 자리한 마을에서 태어나 자라고 교육을 받은 고고는 덥다는 것의 의미를 몰랐으므로 그것을 그저 고조된 따뜻함으로 여겼고, 마을에서 늘 소중하게 생각하던 따듯함이 좀 더 커졌다고 해서 슬슬 신경질이 난다는 것에 놀랐다. 그러나 아직까지는 아주 더운 지대로 접어든 것은 아니어서, 드러난 맨살로 불어오는 바람이 땀을 말려줄 때의 상쾌함으로 다시 기분이 좋아지기도 했다. 고고는 이 모든 감정 변화가 어쩌면 구멍으로 인해 야기되었을 자신의 성격적 결함, 즉 변덕일지도 모른다고 생각했지만, 얼마 지나지 않아 그것이 실제로 시시각각 변화하는 날씨의 영향임을 인지하게 되었다. 그저 앞으로 앞으로 열심히 걷는 것만으로도 다른 기후대에 진입할 수 있다는 사실을 몇 년 전 마을에서 습지로 이동하던 경험에 기대어 알고는 있었지만, 그것을 몸소 느끼는 일은 아는 일과 전혀 무관하게 여겨지기까지 했던 것이었다.

　물살이 잔잔한 강의 한구석에서 무지개 같은 것이 아른거리며 고고를 향해 흘러왔다. 고고는 그것이 자신에게 곧 무엇을 보여줄지를 대강 알고 있었다. 물의 무지개가 의미하는 것은 하늘의 무지개가 의미하는 것과 정반대다. 하늘의 무지개가 희망이나 생명을 상징한다면

물의 무지개는 죽음을 상징했다. 죽은 동물이 물에 잠기면 그 몸에서 빠져나온 체액이 물에 섞여 기름 막을 형성하고 이것이 빛을 반사해 무지개를 만드는 것이었다. 고고는 첨벙첨벙 소리가 나지 않을 정도로 조심해가며 강 안으로 들어갔다. 깊이는 고고의 무릎 정도였다. 고고는 무지개를 따라 걸었다. 고고의 다리가 움직임에 따라 무지개는 펴지고 구부러지기를 반복하며 옅어졌다.

이제 고고는 귀여운 새의 시체를 보고 있었다. 절반쯤 부풀어 오른 물새였다. 고고는 어떤 불안한 예감이랄지 기억에 압도되어 눈을 질끈 감았다 떴다. 잠시 동안이지만 새를 가슴의 구멍에 넣어보고 싶다는 충동에 사로잡혔다. 혹은 넣어야만 할 것 같았다. 왜 그런 마음이 들었는지를 고고는 짐작할 수 있었다. 그래서 오히려 미련 없이 그것을 지나쳐 걸을 수 있었다. 고고는 걸음을 빨리하기 위해 애써 조금씩 콧노래를 흥얼거리기 시작했다. 처음에는 콧노래를 불러야 한다는 생각과 콧노래를 부르고 싶지 않은 기분이 충돌해 머릿속이 부예지는 바람에 아무 노래도 생각나지 않았고, 그래서 그저 어떤 음들을 마치 발성을 연습하듯 차례로 낼 뿐이었다. 그러나 계속 그렇게 하다 보니 차츰 여러 가지 노래가 떠오르기 시작했다. 마을에서 배운 노래는 대부분 찬송가였다. 새에 관한 찬송, 구름에 관한 찬송, 굴뚝에 관한 찬송, 해와 달과 별에 관한 찬송, 우듬지에 관한 찬송 등 마을에서는 높이 있는 것들에 관한 찬송을 즐겨 했다. 그중에서도 가장 성스러운 멜로디를 붙인 것은 단연 협곡에 관한 찬송이었다. 고고는 무언가를 높이 떠받드는 마음을 좋아하지 않았지만 아름답고 웅장한 멜로디를 좋아하였으므로 늘 이러한 찬송들을 콧노래로 흥얼거리거나 휘파람으로 불곤 했다.

이제 고고는 그 노래들의 가사에 지금 자기 눈에 보이는 물체들을 넣어서 바꾸어 불렀고 그것은 꽤 재미있는 일이 됐다. 고고는 모래를, 가시나무의 뿌리를, 손이 두 개로 갈라지고 꼬리에 침이 달린 절지동물을, 물갈퀴를 가지지 않은 거북을 찬양했고, 그러다 이런 것들을 실제로 보는 경험이 거의 처음이라는 사실을 알아차린 뒤 노래를 멈추었다.

고고는 제대로 고개를 들어 주위를 둘러보았다. 경사가 가팔라짐에 따라 강이 몸을 감추며 차츰 낯설어지던 풍경이 삽시간에 섬뜩하리만큼 생경해졌다. 고고는 걸음을 멈추었다. 다채로운 초록빛으로 반짝이던 풍경이 어느새 탁한 붉은빛으로 거칠어져 있었다. 멈춘 다리가 몹시 무거웠다. 못지않게 머리도 무거웠다. 상황을 파악하기 전에 연거푸 재채기가 먼저 터져 나왔다. 마른기침도 뒤를 이었다. 마을이나 습지에서 살던 때는 입 안이 마를 일이 거의 없었기 때문에 고고는 그 감각에 덜컥 겁부터 났다. 그러나 기침이 건조해졌다는 것을 빼면 달리 아픈 곳은 없었다. 오히려 몸은 더욱 가볍고 단단하게 느껴졌다. 그것이 고고 자신의 변화라기보다는 지세의 변화임을 깨닫기까지는 그리 오래 걸리지 않았다.

밟으면 밟는 대로 푹푹 꺼지던 습지와 달리 이곳의 땅은 발을 밀어냈다. 공기도 포근하게 몸 위를 덮는 대신 위나 아래로 재빨리 스쳐 지나가 버렸다. 게다가 해가 지는 속도도 고고가 알던 것보다 몇 배는 빨랐다. 습지에서는 해가 나무 하나하나에 인사를 건네느라 이별이 자꾸 지체되었지만 이곳에서는 인사를 나눌 것들이 없으니 발걸음을 한껏 재촉하는 듯했다. 고고는 이곳의 땅처럼 표정을 굳히고 이곳의 공기처럼 걸음을 빨리했다.

그러나 날렵함은 오래가지 않았다. 협곡 지대에 본격적으로 접어들자, 앞으로 걸음을 내디딜 때마다 숨이 턱에 받칠 만큼 더워졌기 때문이었다. 그뿐만 아니라 땅의 경사가 더욱 급격히 가팔라져 여간 조심하지 않으면 곧 뒤로 나자빠지기 십상이었다. 일단 자빠지면 몇 바퀴나

굴러야 했다. 몸에 닿는 붉은 흙이 약 올리듯 부스러지며 고고를 조금도 지지해 주지 않았다. 게다가 시야를 확보하기도 어려웠다. 온통 안개와 구름이 끼어 명징하게 보이는 건 아무것도 없었다. 고고는 마을에 살던 시절 얼마나 많은 사람들이 협곡을 뒤덮은 안개와 구름을 향해 기도하곤 했는지를 생각하고는 서글퍼졌다.

　사실 협곡에 늘 구름이 끼는 건 지리적으로 당연한 일이었다. 습지에 고인 물들이 증발해 바깥쪽으로 이동하다 협곡의 경사면에 부딪혀 막히기 때문이었다. 그곳에서 구름을 형성한 물방울들은 빗방울이 되어 땅으로 떨어지고, 구멍이 숭숭 뚫린 협곡의 현무암질 토지를 그대로 통과해 지하로 내려간다. 물줄기는 땅 아래서 흐르다 점차 곱고 밀도 높은 토양을 만나며 지면 위로 고개를 내밀고 습지에 수많은 연못과 강을 만들며 다시 경사를 따라 마을로 흘러갔다. 고도가 가장 낮은 탓에 자칫 커다란 호수나 늪으로 잠겨버렸을 수도 있는 분지에 사람들이 마을을 만들 수 있었던 건 추위 덕분이었다. 어쩌면 마을의 땅은 흙의 영역보다 얼음의 영역이 더 넓었다. 그 두 가지가 서로 복잡하게 뒤섞여 구분 지을 수 없었기에 망정이지 그렇지 않았다면 마을의 몇몇 가옥은 얼어붙은 호수 위에 지어진 것이나 다름없었을 터였다.

고고의 구멍

이런 처지이니 마을인들이 협곡 쪽을 올려다보며 그곳의 구름과 비에 감사하는 것은 비단 종교적이고 미신적인 행동이라고 볼 수만은 없었다. 심지어 어느 정도는 과학적이기까지 했다. 그러나 고고는 이것이 늘 바보스럽게 생각되곤 했다. '감사라니.' 고고는 생각했다. '구름과 비는 마을을 위해 포기한 것이 없다. 그러므로 감사라는 화살을 겨눌 과녁 자체가 없는 것이지.' 고고는 나지막이 한숨을 내뱉으며 붙잡을 만한 틈이 있었다고 추정되는 곳으로 손을 뻗어 무언가를 움켜쥐었다. 그러나 연거푸 헛손질이었다. 숨을 모아 다시 팔을 뻗으려는데 그 틈에서 작은 동물 하나가 튀어나왔다. 흰족제비를 닮은, 누렇고 눈가와 귀가 검은 동물인 미어캣이었다. 그가 고고의 손을 깨물자 아얏 할 새도 없이 고고는 뒤로 굴러떨어지기 시작했다. 굴러떨어지는 게 처음이 아니었기에 충격에 휩싸이지 않았고 어떻게 대처해야 할지 알고도 있었지만 몸이 마음대로 움직이지 않았다. 몸을 긴장시켜 어떻게든 마찰력을 높여야 하는데 너무 지친 탓인지 근육들에 힘이 들어가지 않았던 것이었다. '그래, 차라리 이대로 습지의 둥지까지 다시 굴러가자고.' 고고는 체념하는 공처럼 몸을 내버려 두었다. 그러자 얼마간 구른 뒤에 한 기둥에 부딪혀 널브러질 수 있었다.

눈앞이 핑핑 돌아 눈을 감은 채로 숨을 몰아쉬었다. 어차피 이제 날이 너무 어두워져 눈을 뜨나 감으나 그게 그것일 것만 같았다. 고고는 마음을 가라앉히려 애쓰지도 않았다. 다만 동여맨 텅 빈 가슴으로 찬 바람이 들어왔다 나갔다 해서 손바닥을 모아 구멍 위를 막았다. 이것은 마을의 기도 자세이기도 했다. 찬송 몇 마디가 저절로 입 안에서 흘러나왔다.

높은 땅에 높은 영광 있으니
맑은 물이 흘러 내려오듯이
밝은 빛이 흘러 내려오듯이
때를 맞아 당신 내려오시면-
작은 둥지 평화로 가득해지리

맨 처음 속삭이듯 흥얼거리던 것이 차츰 스스로 분위기를 더했다. 고고는 언제부터인가 커다랗고 쩌렁쩌렁한 목소리로 노래하고 있었다. 노래를 못한다고, 시끄럽다고 눈치 줄 사람이나 동물도 없었다. 고고는 목이 터져라 크게 노래했다. 노래 한 줄 한 줄이 협곡 여기저기에 메아리치며 확성되고 반복되었다. 모래언덕 저 위쪽에서 뜨겁고 축축한 바람을 등진 채 다가오고 있는 커다란 인간을 발견한 것은 바로 그때였다. 고고는 겁먹은 새처럼 노래를 멈추었다.

협곡인은 마을의 어른들이 어린이를 대하듯 고고를 향해 천천히 부드럽게 무릎을 굽히며 몸을 가까이했다. 아주 오랜 시간에 걸쳐 어떤 결정적인 장면이 다가오는 느낌으로 고고의 정신이 아득해졌다. 두려움에 호기심이 뒤엉켰다. 지금껏 한 번도 협곡인의 얼굴을 가까이서 제대로 본 적은 없었기 때문이었다. 협곡인 쪽에서도 보여줄 노력을 하지 않았지만 고고 쪽에서도 보려는 노력이 딱히 없었던 터였다. 불경스러웠달까, 혹은 혐오스러웠달까. 어쩌면 그 전부였다. 고고는 시선을 바로 하기 어려웠다. 이런 식으로 협곡인의 얼굴을 보게 되는 게 싫었다. 고고는 미어캣처럼 달아나고자 시도했다. 그러나 곧 협곡인의 팔에 손목을 붙들리고 말았다. 고고가 몸부림을 치자 협곡인이 다른 손으로 그의 어깨를 붙잡으려 했고, 그 서슬에 나무토막처럼 억센 협곡인의 손가락이 고고의 구멍을 건드렸다. 심장이 짓이겨지는 통증에 눈앞이 타는 듯 환해지며 고고는 그대로 기절했다.

7

협곡인

다시 눈을 떴을 때 고고는 협곡인의 품에 안겨 있었다. 고고를 안고 걷는 협곡인이 땅에 발을 내디딜 때마다 좋은 진동이 고고의 몸으로 전해졌다. 진동은 규칙적으로 이어져 타악기로 연주되는 자장가 같았다. 고고는 눈을 끔벅였다. 어느새 날이 밝아 무더운 태양 빛이 더운물처럼 고고를 적시고 있었다. 가슴의 통증은 가라앉아, 오래 걸은 뒤의 가벼운 근육통만이 고고 전체를 희미하게 감싼 채였다. 고고가 눈을 비비며 고개를 들자 협곡인이 천천히 얼굴을 고고 쪽으로 향했다. 그러고는 걱정스러운 듯 더욱 가까이 디밀었다. 고고는 숨을 멈추고 눈을 질끈 감았다. 그러자 아무것도 보이지 않았고 그러자 더욱 견딜 수 없이 불쾌한 마음이 되었다. '그는 사라진 게 아

고고의 구멍

니야.' 고고는 생각했다. '내가 눈을 감는다고 그가 내 눈
앞에서 사라지는 게 아니라고.' 그래서 고고는 눈을 떴
다. 물론 아주 천천히, 해가 떠오르는 속도로 눈꺼풀을
들어 올렸다.

마주한 협곡인의 얼굴은 협곡을 닮아 있었다. 둥글고
넓적한 바위에 재현해 놓은 협곡의 축소도 같았다. 그만
큼 거칠고 울퉁불퉁했는데, 주름살이라고도 흉터라고
도 말할 수 없는 대단히 깊은 틈들이 얼굴의 빈 부분을
빼곡히 채우고 있었다. 붉은빛의 건조한 피부 위에서 그
러한 틈들은 눈에 아주 잘 띄었고, 더욱 짙은 붉은빛으
로 돋아난, 풍성하고 구불거리며 무엇보다도 아주 부드
러워 꼭 햇살처럼 보이기까지 하는 머리털과 어우러져
더욱 기이했다. 고고는 불현듯 어떤 깨달음에 소름이 돋
아 고개를 숙였다. 피부에 틈들이 나 있는 게 아니었다.
피부가 작은 조각들로 이루어져 있어 그 사이사이가 틈
처럼 보였던 것이었다. 그러니까 하나의 매끈한 땅에 여
러 틈들이 패어 있는 게 아니라, 크고 작은 땅덩어리들이
어떤 힘으로 뭉쳐 하나의 덩어리를 이루고 있는 것처럼.
'비늘!' 고고는 그 단어를 생각해 내고는 다시 눈을 질끈
감았다 떴다. '이들의 피부는 물고기처럼 비늘로 이루어
져 있다.' 고고는 지금 자신의 미간을 굳어지게 하는 이

느낌을 뭐라고 말해야 할지 알 수 없었다. 숭고인지, 경외인지, 역겨움인지, 적대감인지, 혹은 그저 단순한 신체의 피로와 괴로움인지? 고고는 더운 땀에 식은땀이 섞이는 것이 불쾌해 벅벅 문지르듯 땀을 닦았다. 그러자 협곡인이 주머니에서 물병을 꺼내 뚜껑을 열더니 고고에게 건네주었다. 고고가 머뭇거리자 고고를 땅에 내려놓고는 맑고 시원한 물을 고고의 머리 위로 흘려 붓기 시작했다.

고고는 휘청거리며 물줄기를 받아들였다. 먼지 범벅이 된 머리카락에서 메마른 얼굴로, 몹시 진득거리는 몸통을 거쳐 너덜너덜해진 손끝 발끝으로, 물은 세차게 흘러내리며 그 모두를 새것처럼 가뿐하게 만들었다. 고고는 가슴을 동여맨 천까지 벗어버린 뒤 구석구석 물이 닿을 수 있도록 움직였다. 곧 시원한 물길이 몸 안쪽을 흐르는, 아주 익숙하고 반가운 감각이 찾아왔다. 갈증이 차차 해소되는 것이었다. 이내 고고는 그 이유를 깨달았다. 가슴에 있는 구멍으로는 물이 빠져나가기도 하지만, 또 바깥에서 물이 들어올 수도 있는 것이었다. 고고는 협곡인이 몸 전체를 향해 콸콸 부어준 많은 양의 물을 가슴의 구멍으로 마셨다.

'어쩌면 이렇게 음식을 먹을 수도 있을 것이다.' 그런 생각을 하던 고고의 얼굴이 검붉어졌다. 존엄하지 않은 생존. 연명에 관해 늘 불에 덴 듯 분노하던 노노가 떠올랐기 때문이었다. '그게 대수야?' 고고는 평소처럼 노노의 편에서 함께 화내는 대신 노노에 맞서 화내곤 했다. '네가 내 옆에 좀 더 살아 있을 수 있는데, 망신이나 창피가 지금 대수야?' 그때 노노는 어떤 소리로 울었던가. 고고는 젖은 천을 조용히 다시 동여매 구멍을 가렸다.

이윽고 덥고 거센 바람이 불어오자 협곡인은 막아주겠다는 듯 자신의 옷자락을 들어 고고 주위에 둘러주었다. 주위가 제대로 보이지 않았지만 주위에 자신의 모습이 보이지도 않을 것이라는 생각에 오히려 안심이 되었다. 그러나 고고는 곧 자신이 가고 있는 길을 파악하고 싶어졌고, 옷의 아름다운 디자인을 위해 성기게 직조된 부분의 규칙적인 틈 중 하나로 얼굴을 내밀었다. 태양 빛을 받아 붉게 빛나는 협곡들이 양옆으로 휙휙 지나갔다. 갈수록 협곡들의 모서리가 점점 둥글어지는 건 흥미로운 일이었다.

어느덧 멈춰 선 협곡인이 옷자락을 치우자 위아래로 펼쳐진 열대 건조 지대와 그 위에 세워진 웅장한 도시가 모습을 드러냈다. 이렇게 높이 치솟은 것들, 이렇게 끝없이 넓고 두꺼운 것들을 고고는 태어나서 한 번도 본 적이 없었다. 압도적인 규모의 자연은 작은 고고를 누르고

깔보는 것이 아니라 오히려 확장하고 품어 자신의 편으로 만드는 것 같았다. 고고는 자기도 모르게 고개를 숙였다. 협곡인은 서서히 미소를 지었는데 그 의미를 알 수 없었다.

8
치료소

　협곡에서는 건물을 지을 때 땅 위에 벽을 쌓아 올리는 방식이 아니라 높이 솟은 바위 땅의 속을 파내는 방식을 썼다. 겉보기에는 평범한 절벽이라도 가까이 다가가 보면 드문드문 출입구가 나 있고 그 안을 들여다보면 반듯하고 널찍한 내부가 나타나는 것이었다.

　협곡인들은 자신의 집 출입구 가장자리에 에메랄드나 루비 등 색이 밝고 진한 보석들을 형편에 맞게 몇 덩이씩 박아 넣어 이 안에 사는 자가 있음을 표시했다. 건물 외관이나 출입문에 별도로 색을 칠하지 않아 눈에 잘 띄지 않기 때문이었다. 그래서 밤이 내리면 협곡의 땅과 하늘은 경쟁하듯 빛나는 알갱이들로 까마득했는데 이 또한 고고가 마을에 살 때는 보지 못했던 장관이었다.

치료소는 가장 반짝이는 절벽에 있었다. 치료를 받으러 왔다 가는 협곡인들과 그들과 함께 온 협곡인들이 염원하는 마음이나 감사의 마음이나 애도의 마음을 담아 보석을 박아 넣고 가는 까닭이었다. 이는 위급한 상황에 처한 자가 사막 도시에서 치료소의 위치를 보다 빨리 파악하게 하는 기능도 했다. 고고는 그 사실을 몰랐기 때문에 처음에는 자기가 들어가는 곳이 신전이나 궁전일 거라고 예상했다. 자신의 거취를 결정할 높은 자, 그러니까 높은 자들 중에서도 가장 높은 자를 보러 가고 있는 것이라고 말이다. 그러나 막상 내부로 들어가자 반짝이는 것이라고는 아무것도 없었다.

반박의 여지 없이 광대한 공간이기는 했다. 거인인 협곡인들의 공간임을 감안하고서도 치료소의 내부는 컸다. 하나의 행정구역 안으로 들어온 것과 비슷한 인상이었다. 안을 파내다 남겨둔 부분들이 소파나 탁자 역할을 했고 조금 더 파고들어 간 곳은 찬장처럼 사용했다. 모든 찬장에 약병이 빼곡히 채워져 있었지만 오랜 시간 사용되지 않았는지 엷은 먼지가 쌓인 채였다. 그러나 이 약병들을 보고 고고는 이 협곡인이 자신을 데려온 곳이 치료소임을 알아차린 것이었다.

잠시 기절한 바가 있기는 했으나 깨어난 지 오래고 여

기까지 스스로 잘 걸어오기까지 했으므로, 협곡인이 자신을 치료소부터 데려올 이유는 없어 보였다. 고고는 알 수 없는 이유로 환자 취급을 받게 돼 불쾌했다. "저기." 고고는 처음으로 협곡인에게 말을 걸었다. 치료소 안에는 협곡인들이 별로 없었고, 그마저도 모두 침묵하고 있었기 때문에 목소리를 낸 사람은 고고뿐이었다. 그런데도 고고의 목소리가 너무 작았는지 협곡인은 대꾸하지 않았다. 고고는 잠시 생각하다가 협곡인의 팔을 주먹으로 가볍게 한 번 때렸다. 팔에 전해지는 진동을 느낀 협곡인이 다시 고고를 내려다보았다. "여기가 어디야? 나를 왜 여기로 데려왔어?" 고고는 목청 높여 물었지만 협곡인은 웃어 보일 뿐이었다. "너는 누구야?" 고고는 순식간에 겁을 먹고 소리쳤다. 필요하다면 기회를 봐서 도망치기 위해 한 걸음씩 뒷걸음질 쳤다.

"그자의 이름은 비비낙안입니다."

등 뒤에서 생전 처음 들어보는 말투의, 낮고 커다란 목소리가 들렸다. 언제부터 와 있던 것인지 다른 협곡인 한 명이 고고 가까이 다가와 있었다. 두 협곡인은 서로 아는 사이인 듯 미소를 주고받았다. 커다란 애착이 있지는 않아도 딱히 감추는 것 없고 조심하는 게 없는 사이에서 나눌 법한 미소였다.

"비비낙안은 청력이 약해 작은 소리는 잘 듣지 못합니다."

"청력?"

"당신이 비비낙안에게 말을 전하기 위해서는 비비낙안의 귀 가까이 다가가야 할 겁니다. 물론 그러려면 비비낙안이 허리를 굽히거나 무릎을 꿇어 자기 귀를 당신 가까이 가져다 대야 할 테고요. 한마디로 비비낙안은 자신이 내킬 때 듣습니다."

'그가 내키지 않으면 나는 그에게 영원히 한마디도 건넬 수 없어?' 고고는 차오르는 질문을 속으로 삼켰다. 처음 듣는 협곡인의 목소리와 말투에서 이상한 위엄을 느꼈기 때문이었다. 특별한 말을 하고 있는 것도 아닌데도 이토록 압도당하다니 고고는 부끄러워졌고 화도 좀 났다. 하지만 그렇다고 계속해서 쏟아져 내리는 웅장한 목소리로부터 자유로워지는 것은 아니었다. 고고는 고개를 들지 못했다.

"치료소에 온 것을 두려워하지 마십시오. 협곡인이 아닌 자들이 처음 협곡에 들어온 것이 확인되면 간단한 검사를 몇 가지 받게 돼 있고, 그 절차를 따르는 것뿐이니까요. 그 편이 당신에게도 우리에게도 안전하기 때문입니다."

그의 말이 끝나자 비비낙안이 급히 몸을 움직였다. 찰나였지만 고고는 비비낙안의 생각이 저 협곡인과 다르다는 사실을 느낄 수 있었다. 그야말로 느낄 수 있는 것이었다. 느낌은 말처럼 딱 떨어지지는 않았지만 그렇다고 해서 말보다 흐릿하지도 부정확하지도 않았다. 오히려 말이 테두리를 짓느라 잘라낸 주변부를 간직하고 있어 원래의 마음에 더 가깝게 느껴지기도 했다. 동그라미와 세모, 네모, 빗금 같은 간단한 기호들을 늘어놓는 방식을 통해 긴 이야기를 새기는 마을의 문장 구성법과도 비슷했다. 비비낙안은 확실히 고고가 어딘가 다쳤거나 아프다고 생각하고 있는 것이었다. 습지나 마을에서 옮겨 왔을지 모를 병을 검사하고자 데려온 게 아니었다. 비비낙안이 손과 표정으로 맞은편의 협곡인에게 무언가 반복해서 이야기했다. 그의 수어는 단순하고 직관적이었으므로 고고도 집중해서 읽으면 어느 정도는 해석할 수 있었다. 고고가 해석한 바가 맞다면 비비낙안은 이렇게 말하고 있었다.

'그는 작은 자이다. (그러므로) 그는 아픈 자이다.'

9
치료사

치료사들은 로비에 모여 있었다. 로비는 한 면이 유리로 되어 있어 방문객이 밖에서 그들을 볼 수 있었다. 방문객이 자기를 검사해 줬으면 하는 혹은 치료해 줬으면 하는 치료사를 지목하면 그가 밖으로 나왔다. 그리고 환자와 치료사는 함께 아담한 방으로 들어갔다. 그러면 진찰이 시작되고 치료가 이어지는 것이었다.

물론 그 과정에서 치료사가 거부권을 행사할 수도 있었다. 그러나 그런 일은 매우 드물었는데 애초에 환자가 방문하는 경우가 드물었기 때문이었다. 협곡인들은 병에 걸리거나 다치는 경우가 별로 없었고 만에 하나 아프게 된다 해도 치료소에 방문해 전문적인 치료를 받는 것을 꺼렸다. 그들에게 있어 신체의 강인함은 자존심의 영역에 속하는 중요한 요소였다. 그래서 대부분의 치료사들은 늘 일거리를 필요로 했고, 그것은 생계 때문이라기보다는 하루하루를 야금야금 갉아먹는 무료함 때문이었다.

고고는 이 모든 이야기를 치료사 접견 절차를 기다리는 동안 비비낙안으로부터 들었다. 소파 위에 비비낙안은 앉고 고고는 일어서 그의 어깨에 기댄 채로 둘은 이야기했다. 고고는 그가 상대방의 입술 모양을 읽는 방식으로 간단한 말을 알아듣기도 한다는 것을 알아차렸다. 비비낙안은 말로 된 질문에는 말로 대답하고 몸짓으로 하는 질문에는 몸짓으로 대답했다. 고고가 경어의 개념이 발생하지 않은 곳에서 왔다는 것을 안 뒤로 평어를 사용해 준 비비낙안 덕분에 고고는 그의 언어들을 한결 가까이 느낄 수 있었다. 자신의 이름은 비비유지이며 치료사라고 소개한 아까의 그 다른 협곡인이 종종 이 기이한 대화에 끼어들려 시도했지만 작은 발화와 큰 몸짓을 넘나드는 대화는 단둘이 나누는 데 적합했기에 방해가 될 뿐이었다. 비비유지 쪽에서도 그것을 느꼈는지 한순간 어깨를 으쓱해 보이고는 그들로부터 멀어졌다. 그뿐만 아니라 비비유지는 고고에게 계속 경어를 사용하고 싶어 했는데 그 이유는 비비낙안도 알 수 없다고 했다.

마침내 치료사들이 모인 로비 앞에 이르렀을 때 고고는 로비 정중앙에 자리 잡고 자기 쪽을 보며 팔짱을 낀 채 미소 짓고 있는 비비유지를 발견할 수 있었다. 발견하지 않는 게 더 어려운 상황이기도 했다. 고고는 자기도 모르게 그의 시선을 외면하고 다른 치료사를 고르려 해보았다. 꼬집어 말할 수는 없지만 고고는 그가 부담스러웠다. 얼마 보지는 못했지만 늘 정면으로 보이는 얼굴도 그랬고 거대한 치아들을 산맥처럼 드러내며 웃는 미소도 그랬다. 무엇보다 부담스러운 것은 그의 손가락들이었다. 어느 것 하나 지나치게 짧거나 길거나 휘거나 아예 없거나 하지 않고 고른 굵기로 어린나무처럼 쭉쭉 뻗어 윗부분이 넉넉히 둥글진 열 개의 손가락의 완벽함이 무서웠다. 그렇게 완벽히 건강한 손가락으로는 무엇이든 쥐고 쪼개고 두드리고 긁어낼 수 있을 것 같았다. 그러고 싶어 할 것 같았다.

그러나 비비유지를 고르라는 비비낙안의 메시지가 있었다. 고고의 어깨를 짚은 손바닥의 미세한 떨림 혹은 움찔거림일 뿐이었지만 고고는 그것이 뜻하는 바를 확실히 전달받을 수 있었다. 고고는 뒤를 돌아 비비낙안의 눈을 보며 다시 제대로 물었다. "비비유지를 선택해?" 비비낙안은 이를 드러내지 않고 빙긋 웃으며 '응'이라고 대답했다. 고고는 다시 뒤돌아 비비유지를 보았다. 그의 얼굴과 미소가 아까보다는 좀 더 부드럽고 안전하게 느껴졌다. 고고는 그를 골랐고 그와 함께 방 안으로 들어갔다. 색을 입히지 않았는데도 정교하게 새겨져 화려한 느낌을 주는 실내 장식과 구조물들이 고고의 양옆을 빠르게 스쳐 지나갔다.

치료는 오래 걸리지 않았다. 고고는 아프거나 다쳐서 작은 게 아니었고 비비유지는 그것을 알고 있었다. 그러나 비비유지는 비비낙안에게 자기 생각을 이야기할 마음이 없어 보였다. 하나의 절충안으로 비비유지는 고고가 습지의 야생에서 혼자 살면서, 먼 길을 걸어 협곡까지 오면서 얻은 크고 작은 상처들을 치료해 줬다. 그의 치료는 고고의 예상보다 훨씬 진지하고 세심했다. 상처를 소독하고 짓이긴 약초를 묻힌 붕대를 환부에 대고 누르고 묶는 동안은 웃지 않았지만 중간중간 고개를 들어 고고의 표정을 살필 때는 반드시 웃어 보였다. 마주 웃는 고고의 마음속에 그를 향한 고마움과 호감이 싹을 틔웠다. 봄의 땅은 겨울의 땅보다 약하기 마련이라 이제 고고의 마음은 단단하지 못했고 당장이라도 그에게 구멍에 대해, 마을과 노노에 대해 털어놓고 싶어져 입술을 깨물어야만 했다. 마을이나 노노에 관해 이야기를 꺼낼 시기

는 아닐지라도 구멍에 관해서라면… 어쩌면 바로 지금
이 도움을 청하기 적절한 때일지도 모르겠다고 고고는
생각했다. 애초에 구멍에 대한 실마리를 얻어볼 심산으
로 협곡에 찾아온 것이 아니었던가? 게다가 운 좋게 구
멍을 다루는 협곡인 중에서도 몸을 다루는 치료사를 만
나기까지 했으니 기회를 놓치고 싶지 않았다. 그러나 무
어라고 말을 꺼내야 할지 몰라 막막했다.

"무슨 문제라도 있으십니까?" 고고의 심각함을 느낀
비비유지가 물었다. "응!" 고고는 자기도 모르게 너무도
반갑게 대답했다. 비비유지가 당황하며 멈칫했다. "아,
저 그게 아니라…" 고고는 더듬거리며 말을 이었다.

"몸의 다른 곳도 좀 안 좋은 것 같아서."

"그래요? 어디가요?"

"그게…"

고고가 말을 잇지 못하자 비비유지 입장에서도 별수
가 없었다. 둘은 약간 의기소침해진 채 다시 로비로 나
왔다. 밖에서 기다리던 비비낙안도 둘을 보고서 의기소
침해졌다. 어쩌면 비비낙안은 고고가 치료를 마치면 비
비유지만큼 커다래져 있을 것이라 예상하고 있었는지도
몰랐다.

비비낙안이 비비유지에게 뭐라고 눈짓을 해 보였다.

비비유지는 곧바로 고개를 저었다. 그러고는 비비낙안에게 뭐라고 말하려 하다가 한숨을 내쉬며 대강 고개를 끄덕였다. 천천히 고고에게 다가와 한쪽 무릎을 굽혀 앉았다. "우리, 다른 검사들을 좀 더 해보면 어떨까요, 고고?" 비비유지의 목소리는 친절했다. 고고는 비비유지 대신 잠시 비비낙안을 쳐다보았다. 걱정스러운 얼굴로 자신을 내려다보는 비비낙안의 얼굴을 보고 있는 동안 여러 가지 마음들이 피었다 졌다. 시들지 않고 마지막까지 남은 마음들 중에는, 어쨌든 구멍이 어쩌고 하는 말이 도무지 입 밖으로 꺼내지지 않으니, 이런저런 검사를 하면 자연히 드러나겠지 하는 계산도 포함되어 있었다.

10
판단

"고고, 당신에게는 아무 문제가 없습니다."

모든 검사를 마친 후 비비유지는 특유의 미소를 지어 보이며 대답했다.

"아무 문제가 없다고?"

"네. 검사 결과, 당신 몸은 깨끗해요."

병이나 상처가 없다는 말을 '깨끗하다'라고 표현하는 점에 대해 불쾌함을 느끼면서 고고는 한층 격앙된 목소리로 되물었다.

"내가 깨끗하다고?"

"네, 아주 깨끗합니다."

"난 깨끗하지 않아."

"네?"

"나한테는 문제가 있어."

"아픈 곳이 있으시다고요?"

"구멍 안 보여?"

결국은 고고의 목소리가 마구 커지며 떨렸다. '구멍'이라고 소리 내 말하는 것은 다른 사람 앞에서는 물론, 혼자서도 해본 적 없었던 일임을 깨달았다. 곧 목소리처럼 온몸이 걷잡을 수 없이 떨리기 시작했다.

"봐. 여기에, 내 가슴에, 구멍이 뚫려 있잖아." 고고는 붕대를 풀어 헤쳤다. 그러고는 눈을 꽉 감고 손가락으로 구멍을 가리키며 말했다. "어느 날 갑자기 생겼다고. 이렇게 구멍이 생겨 있었다고." '구멍이라니.' 고고는 말하며 동시에 생각했다. '구멍이라니…' "구멍이라니…"

"고고."

"봐. 여기가 지금 뚫려 있잖아. 얼마나 끔찍한 기분인지 알아? 게다가 뭘 먹어도 여기로 다 빠져나와서 몸에 점점 힘이 빠지고 있어. 이러다 결국 죽게 되겠지. 당신들은 땅의 구멍을 메우는 자들이잖아. 게다가 비비유지 당신은 치료사니까… 몸에 생긴 구멍에 대해서도 아는 게 있을 거잖아. 그렇지?"

어안이 벙벙한 얼굴로 아무 말 못 하는 비비유지와 계속 한 방에 있는 게 버거웠다. 고고는 의자에서 뛰어내려

바깥으로 달려 나갔다. 고고와 비비유지 쪽을 보고 있던 비비낙안이 놀라 달려오며 고고를 잡아 안았다. 그러자 울음이 터져 나오려 했으므로 고고는 두 손으로 입을 틀어막았다. 급히 고고를 따라 나온 비비유지의 발소리가 고고의 바로 뒤에서 멈추었지만 고고는 뒤돌아보지 않았다. 비비유지는 비비낙안과 고고를 한꺼번에 끌어안았다.

다소 진정이 된 후 고고는 수액을 맞았다. 팔에 바늘을 찔러 몸의 안과 밖을 연결하고 가짜 체액을 흘려 넣는다는 개념을 비비낙안은 필요 이상으로 고고에게 오래, 자세히 설명했다. 고고에게 있어 수액을 맞는다는 행위는 울음의 반대처럼 이해되었다. 말하자면, 눈물이 나오는 게 아니라 들어오는 거였다. 그들의 수액에 수면제가 섞여 있다는 사실을 전달받고 나서 별다른 거부감 없이 고개를 끄덕인 이유도 거기에 있었다. 눈물과 졸음은 애초에 분리할 수 없는 것이니까. 그런 것쯤은 마을에서도 배운 바 있었으니까. 마을. 마을… 스르르 잠드는 중에 비비유지가 조용히 몇 가지 검사 기구를 더 들이는 기척을 고고는 들었다. 잠자는 중간중간 누군가 자기 몸을 안아 올려 다른 검사 장치 위에 두거나 다시 침대에 누이는 것도 느꼈다. 고고를 들어 안는 이가 비비유지일 때도 있었고 비비낙안일 때도 있었다. 고고는 그 둘을 확실히 구분할 수 있음이 신기했다. 더 능숙한 쪽은 비비유지였지만 더 안심이 되는 쪽은 비비낙안이었다. 그 차이는 혼미한 정신으로도 너무 확연히 느껴져 고고는 비비유지에게 일말의 유감을 느낄 정도였다.

얼마나 잤을까, 눈을 떠보니 머리맡에 비비유지가 앉아 기다리고 있었다. 고고는 하룻밤을 꼬박 잤고, 비비낙안은 집에 들러 쉬고 있으며, 자기는 고고에게 검사 결과를 빨리 들려주려 기다렸다고 비비유지는 말했다. 고고는 고개를 끄덕이며 들을 준비가 되었음을 알렸다.

"고고, 당신은 가슴의 구멍 때문에 여기 왔다고 했죠."

"응."

"구멍은, 당신의 말씀에 따르면, 어느 날 갑자기 생긴 것이고요."

"맞아."

"또 먹거나 마신 것도 그 구멍을 통해 빠져나오고요."

고고는 더 듣거나 대답하기 힘들어 그저 고개를 끄덕였다.

"그런데 고고, 우리가 검사한 바에 따르면… 당신의 가슴에는 정말로 구멍이 없습니다."

"…뭐라고?"

"우리는 고고 당신의 가슴에서 구멍이라고 할 만한 그 어떤 이상도 발견하지 못했습니다."

"…"

"그러므로 우리가 판단하건대 고고 당신의 병은 가슴에 구멍이 뚫린 것이 아니라, 가슴에 구멍이 뚫렸다고 착각하는 것입니다. 신체의 병이 아니라 정신의 병인 것이지요. 이는 치료가 훨씬 쉽습니다."

"아니야!"

고고는 벌떡 일어나 앉았다.

"네가 너무 커서 못 보는 거겠지. 너희들 '기계'가 너무 크고 손가락, 눈알까지 다 너무 커서 여기 멀쩡히 있는 구멍을 못 찾는 거겠지. 안 보이면 안 보인다고 해야지 왜 없다고 말해? 구멍은 분명 여기 있다고!"

"그러나…"

비비유지는 침착함을 잃지 않고 계속 말했다.

"저는 증거를 가지고 있습니다."

"뭔데, 그 증거가?"

"고고 당신의 위장에서 소화되고 있는 음식물을 발견했습니다. 재료가 도토리 맞지요? 고고 당신의 말에 따르면 먹은 음식이 구멍으로 다 흘러나와 위장이 텅 비어 있어야 하는데…"

"얼마나 있었어?"

"도토리 한두 개 분량이었습니다."

"나는 그날 도토리로 만든 과자 하나를 전부 먹었어. 그것 하나를 만드는 데는 도토리 열 개가 들어가."

"그럼, 일부가…"

"도토리 열 개를 삼키면 한두 개가 배 속으로 들어가는 식인가?"

"나머지는 이미 소화가 되었을 가능성도 배제할 수 없고요."

고고가 사나운 눈으로 비비유지를 노려보았지만 그는 시선을 피하지 않았다. 그러더니 알 듯 모를 듯한 표정을 지으며 밖으로 나갔다. 고고는 몸 안의 화가 뜨거운 나무처럼 전신에 가지를 뻗어내는 것을 느꼈다. 고고의 약해진 몸은 화를 이기지 못했고 얼마 지나지 않아 다시 잠에 빠져들었다.

11
새

다음 날 아침, 비비낙안과 퇴원 수속을 밟으려 기다리는 고고에게 비비유지가 통째로 구워진 자그마한, 그러나 고고에게는 더없이 커다래 보이는 새 한 마리를 접시에 담아 들고 왔다.

"이게 뭐야?"

"식사죠. 당연히."

"새… 잖아?"

"네, 보시다시피."

"여기서는 새를 먹어?"

"마을에서는 안 먹나요?"

이제는 비비유지가 더욱 얼떨떨해져 멍한 얼굴로 고고를 내려다보았다.

"우리는 새를… 먹으면 안 된다고 배워."

고고의 말에 비비유지는 큰 충격을 받은 듯 한동안 아무 말 하지 않았다.

"당신들이 열매를 주로 먹는다고만 들어서요. 열매를 특히 좋아한다고 생각했지, 꺼리는 음식이 있는지는 몰랐습니다."

'꺼리는 음식이 아니라 우리한테는 아예 음식이 아니라고.' 고고는 생전 처음 보는 모습으로 접시 위에 누워 있는 새를 외면하고 싶었지만 자꾸 그쪽으로 눈길이 갔다. 깃털도 눈도 다리도 없이 몸뚱이만 덜렁 누렇게 구워진 모습에 구역질이 나왔다. 그러나 차라리 다행인 일인지도 몰랐다. 조각조각 잘리거나 잘게 다져져 음식 속에 섞여 나왔더라면 이렇게 알아차리지도 못했을 테니까.

"과일만 먹는 건 아니야. 그러나 확실히 우리는 새를 먹지 않아!"

"그러면 과일 말고 주로 또 무엇을 먹었죠?"

"알. 우리는 주로… 새의 알을 먹었어."

고고의 말에 비비유지가 처음으로 차갑게 웃었다.

12
노노(1)

노노의 병은 새가 되는 것이었다. 처음에는 다리가 말라갔다. 그래서 원래 노노가 가지고 있던 다리의 병이 심해지는 것이라고만 생각했다.

피부가 근육과 뼈에 달라붙어 만지면 단단했다. 그러나 고고가 조금만 힘을 주어 주물러도 노노는 몹시 아파했다. 새의 뼈는 가볍지만 아주 약하다는 사실을 나중에 알게 되었다.

팔은 다리와 반대로 자꾸 넓어졌는데, 갈비뼈 같은 가는 뼈들이 새로 자라나 피부를 얇고 넓게 늘렸다. 뼈를 튼튼하게 하는 음식을 제대로 먹여야 할지 오히려 먹지 못하게 해야 할지 고고는 알 수 없었다. 뼈가 새로 자라나는 것도 막아야 했고, 뼛속이 비며 가벼워지는 것도 막

고고의 구멍

아야 했다.

그때 고고는 이미 자신의 역할을 '막기'로 정리하였다. 노노가 새로 변하는 것을 막고, 마을 사람들이 집 안을 들여다보는 것을 막고, 자기 자신이 무너지지 않도록 막는 일이었다. 처음에 고고는 셋 중 가장 힘든 게 세 번째라고 생각했지만 지내다 보니 그렇지 않았다. 투병이 길어지고 병세가 악화할수록 첫 번째와 두 번째 막기에 비하면 세 번째 막기는 아무것도 아니었다.

노노의 몸에 깃털이 돋아나기 시작했을 때 고고는 자신의 역할에 의문을 제기하게 되었던 것 같다. 노노의 몸이 새가 되고 싶어 하는데 그것을 막는 일을 돌봄이라할 수 있을까? 옳은 일도 좋은 일도 아닌 것 같았다. 노노를 사람으로 남겨두고 싶어 하는 건 고고뿐인 것 같았다. 마을의 다른 사람들은 노노를 사람으로 남겨두고 싶어 하는 게 아니라 노노를 고고 곁에 계속 남겨두고 싶어 하는 것뿐이니까. 마을에 독거자가 생기는 것이 불안하므로. '그렇다면 노노는 어떤가?' 고고는 생각했다. 노노는 새가 되고 싶다거나 새가 되기 싫다고 말한 적 없었다. 고고가 새로 자란 깃털을 뽑아주면 배어 나온 피를 귀찮다는 듯 훔쳐냈지만 고고가 미처 발견하지 못한 작은 깃털이나 솜털을 스스로 뽑아낸 적도 없었다. 노노는 그저 그것들을 손가락으로 만지작거리며 가만히 누워 허공을 바라봤다. 뭘 잘 먹지도 않았지만, 그렇다고 단식을 하지도 않았다. 고고가 하라는 것은 전부 따랐다. 그러면서 새가 되고 있었다.

"노노."

"응?"

"새가 되지 않고, 인간인 채로 날개만 얻게 된다면 그게 더 좋을 수도 있어."

하루는 고고가 노노에게 타협을 하자는 듯 말을 건넸다. 노노는 웃음을 터뜨렸다.

"고고, 그런 건 날 수 없어."

"왜?"

"새들이 날 수 있는 건 날개가 있어서만이 아니라 몸이 엄청나게 가볍기 때문이기도 해. 아주 많은 것들을 비워낸 후에야 가능하다고."

고고와 노노가 그들의 최선을 다하는 동안 집 밖에서는 마을 사람들의 핍박이 이어졌다. 노노를 곁에서 보살피는 게 아닌 잠깐 들러보기만 하는 마을 사람들은 노노가 새가 되고 있다는 것은 알지 못했다. 사람이 새로 변했다거나 새가 사람으로 변했다거나 유난히 큰 새알에서 사람이 나왔다거나 하는 이야기는 마을에서 흔하게 공유되고 있었지만 어디까지나 전설과 신화의 영역에 속했지 이웃이 겪는 종류의 사건은 전혀 아니었던 것이었다. 그 일이 아주 오래전에, 망울이 지금과 아주 달랐을 때 일어나곤 했다는 것에는 모두가 동의했지만, 그 까마득히 먼 과거를 현재와 연결시켜 생각하는 건 고고와 노노뿐이었다.

"몸이 많이 말랐더라고."

이웃 중 누군가 노노에 대해 이야기하면 다른 이들이 일제히 고개를 끄덕였다.

"피부도 울긋불긋하고, 수포 같은 게 잔뜩 올라오고 있더라고."

다른 이가 이야기하면 또 일제히 고개를 끄덕였다.

살이 빠지고 피부에 수포가 잡히는 건 보살핌이 소홀할 때 주로 드러나는 증상이어서 사람들의 핍박은 노노보다도 고고 쪽으로 향했다. 잘 먹이고 잘 씻기고 푹 쉬게 하기만 해도 금세 나을 텐데 고고가 제대로 하지 못해서 노노가 죽어가고 있다는 거였다. 고고가 일부러 노노를 방치하고 있는 것이라는 의견도 나왔다.

"고고가 왜?"

"왜냐하면,"

누군가 급히 말을 골랐다.

"왜냐하면 고고는 홀로둥이고 늘 혼자 시간 보내기를 좋아했으니까."

탄식과 한숨이 여기저기서 터져 나왔다. 엿듣던 고고는 숨을 들이쉬었다.

그러나 꼬박 삼 년이 흐르자 사람들의 마음이 바뀌었다. 그들은 이제 노노를 비난했다.

"고고가 저렇게 고생하는데,"

그들은 씨근덕거렸다.

"자기가 그러면 안 되는 거지."

고고는 지쳐 있었다. 노노는 이제 말도 하지 못했다. 노노를 보고 있으면 덫에 걸린 새를 보는 기분이 들었는데 덫은 그들의 집이었다. 그 집에는 고고도 함께 갇혀 있었다. 게다가 고고는 새도 아니었다.

마지막 몇 달간 고고는 노노를 돌보는 것을 포기했다. 노노를 위해서도 고고 자신을 위해서도 아무 일도 하지 않았다. 지쳐서 손가락 하나 꼼짝할 수 없었다. 고고도 아팠다. 새가 되고 있는 건 아니었지만 그래도 많이 아팠다. 어디가 아픈지는 콕 집어 말할 수도 없었거니와 어차피 노노가 물어봐 줄 수도 없었기 때문에 고고도 답을 생각할 필요 없었다. 애초에 그런 것은 생각할 힘도 없었다. 사실 그 어느 것도 생각할 힘이 없었다.

둘은 한 침대에 나란히 누워 죽은 듯이 잠만 잤다. 시간이 얼마나 흘렀는지도 몰랐다. 어느 날 너무 배가 고파 눈을 떠보니 노노가 있던 자리가 비어 있었다.

고고는 사람들에게 노노가 죽었다고 말했다. 떠났다고 말한다면 찾아내려 할 테니까. 노노를 지키기 위해서는 거짓말을 해야 했다.

묻은 자리를 알려주지 않으니 사람들은 고고가 노노를 죽였을 거라고 말했다.

"노노는 저절로 죽었어."

고고는 겨우 말했다. 멀찌감치 서 있던 마을 사람들 중 몇몇이 고고 쪽으로 고개를 돌리고 바닥에 침을 뱉었다.

13
집도

고고는 퇴소하지 않았다. 계속 치료소에 머물 계획이었다. 비비유지가 고고의 구멍을 발견할 수 있도록 더 노력하겠다고 약속했기 때문이었다.

고고에게 약속하는 비비유지의 표정에는 비비낙안 앞에서 고고의 작음을 치료하는 척하던 때의 밍밍한 미소가 그대로 드러나 있었다. 고고는 똑같은 미소를 지어 보이며, 앞으로 행해질 모든 검사와 치료를 성실히 받겠다고 약속했다. 비비유지가 혼자 연구에 몰두해 있는 시간이 길었기 때문에 고고는 하루의 대부분을 비비낙안을 따라다니며 보냈다. 그와 함께 그의 일터에 갔고, 그가 일하는 모습을 지켜보았다.

실로 협곡인들은 땅을 고치는 자들이었다. 인구의 절

반은 크레이터에 관련된 일을, 나머지 절반은 상처와 병의 치료, 음식 조리, 무역, 돌봄 등 그 밖의 일을 담당했으며, 업무는 매해 순번에 따라 돌아가며 바꿨다. 고고는 치료소에서 일하던 자들이 그렇게 한가롭고 무능해 보였던 이유를 비로소 알 것 같았다. 그들은 스스로를 쉬거나 벌을 받는 중이라고 여겼던 것이다. 마을에서는 신처럼 비현실적인 존재로 여겨지던 협곡인들이었지만, 그들에게도 그들 나름의 위계나 귀천이 있다는 사실이 고고는 흥미로웠다. 협곡인들의 도시는 기본적으로 화폐 없이 물물교환으로 유지되었으나 땅을 고치는 과정에서 발견되는 특별한 돌들은 화폐와 비슷한 역할을 하기도 했다. 다만, 돌은 매일 수레 가득 발견되는 반면, 농작물이나 편물 따위는 귀한 지역이었으므로 협곡인들은 작은 물건 하나에 터무니없이 많은 보석을 지불해야 했다.

크레이터를 없애는 방법에는 여러 가지가 있었고 대부분의 협곡인들은 그 모두를 집도할 줄 알았다. 그들이 첫 번째로 고려하는 방법은 '메우기'였다. 벌어지거나 뚫린 땅과 같은 성분의 흙이나 자갈 따위를 부어 메우는 것이었다. 이는 그들이 생각하기에 가장 완벽하고 정의로운 방법이었지만 크레이터의 밑바닥을 눈으로 확인할 수 있을 때만 쓸 수 있는 방법이기도 했다. 바닥이 보이지 않는 크레이터에 흙을 붓다 보면 작업이 오래도록 끝나지 않을 수도 있거니와 너무 많은 흙과 돌이 동원되어 오히려 땅의 안정을 흩트릴 수 있기 때문이었다. 비비낙안이 말해주기를 크레이터의 밑바닥이 보이지 않는 경우는 생각보다 많다고 했다. 이런 상황에서 고려하는 두 번째 방법은 '붙이기'였다. 양쪽에서 밀어 힘으로 틈을 붙이는 것이었다. 붙이기는 메우기보다도 가능한 경우가 적었는데, 크레이터가 조금이라도 둥글거나 넓적하지 않고 베인 상처처럼 길쭉해야 했기 때문이었다. 그뿐만 아니라 양옆의 땅을 밀어서 붙였을 때 그 반대 부분의 땅이 찢어지지 않는 상태여야만 했다. 그리하여 앞의 두 가지 방법 대신 생각해 낸 방법은 세 번째 방법인 '채우기'였다. 땅속에서 별다른 문제를 일으키지 않을 물질을 통제소에서 제조해 배분하면 그것을 크레이터에 부어 채우는 방법이었다. "예전에는 쓰레기를 부어 채우기도 했대." 비비낙안은 이루 말할 수 없이 역겹다는 표정을 지으며, 그 표정을 고고에게 보이지 않기 위해 고개를 돌리며 읊조렸다. "그러면 몇십 년 동안 썩으면서 고약한 냄새를 풍길 텐데." 고고는 조심스럽게 혼잣말하듯 의견을 말했다. "사실은 단 며칠도 걸리지 않았어. 땅속, 크레이터의 저 밑에서 올라오는 열기가 너무 강해 완전히 녹아

버렸거든. 타버리거나." 생각지도 못했던 대답에 고고가 말을 잇지 못하자 비비낙안은 처음부터 혼잣말이었다는 듯이 이야기를 마무리했다. "땅속 깊은 곳에 뭐가 있길래 그렇게 강한 열기가 올라오는 걸까?" 이렇듯 앞선 방법들의 한계가 모두 분명하다 보니 사실상 가장 많이 사용되는 방법은 마지막 네 번째 방법인 '가리기'였다. 이는 말 그대로 크레이터의 윗부분만을 대강 가려두는 것이었다.

그러나 기록에 따르면 '아물게 하기'가 실제로 사용되던 시절도 있었다고 했다. 아물게 하기는 땅이 스스로 자신의 상처를 치유할 수 있도록 돕는 일이었다. 땅이 크레이터의 밑에서부터 혹은 양옆에서부터 조금씩 흙을 분비하면, 협곡인들은 그 과정이 보다 잘 이루어지도록, 그러니까 더 단단한 흙이 더 원활히 분비될 수 있도록 조력자 역할을 한다는 것이었다. 그러나 현재 이 방법을 쓸 줄 아는 협곡인은 거의 없었다. 적지 않은 협곡인들은 이 방법이 적힌 기록을 전설이나 신화로 여겼다. 이는 그들이 이 방법을 사용하던 고대의 협곡인들을 신처럼 생각한다는 의미이기도 했다. 이런 신앙을 간직한 협곡인들은 고대의 협곡인들을 가리켜 '키네'라고 불렀고 지금의 자신들과 구분 지었다. 고고는 협곡인들을 신처럼 생

각하며 살던 마을의 사람이었으므로 혼란스럽지 않을
수 없었다. 신에게도 신이, 천국에도 종교가 있을 수 있
다는 것처럼 들렸기 때문이었다.

　협곡인들이 일하는 방식은 저마다 조금씩 달랐다. 고
고는 그중에서 비비낙안의 방식이 가장 좋았다. 하루 중
가장 좋아하는 일 또한 비비낙안이 크레이터를 메우는
것을 지켜보는 것이었다. 비비낙안은 크레이터 앞에 무
릎을 꿇고 앉는 것으로 메우기를 시작했다. 그러고는 그
까마득한 아래를 한참 동안, 정말 한참 동안 내려다보았
다. 그러면 고고는 그가 자기 가슴에 난 구멍의 바닥을
유심히 살펴봐 주고 있는 느낌을 받았다. 그것은 부끄럽
고도 행복한 느낌이었다.

　고고는 비비낙안에 관한 한은 스스로를 전혀 이해할
수 없었다. 간단히 말해서 비비낙안이 그토록 확실하게
자신을 환자 취급하는데도 불구하고 그를 좋아할 수밖
에 없는 원리를 알 수 없었다. 비비낙안은 고고가 그저
협곡인들보다 작기 때문에, 다시 말해 고고가 마을인이
기 때문에 환자로 취급하고 있는 것이었으므로 고고는
마을의 마을인들을 대표해 오히려 분노하고 항의해야
마땅했건만 어째서 점점 더 좋아할 수밖에 없는 것인지.

이런 고민을 비비유지에게 털어놓으면 비비유지는 재미있다는 듯 시원하게 웃음을 터뜨린 뒤, 자기 나름대로 고고에게 할 대답을 만들어 내기 위해 잠시 동안 고민했다. 그러다 무언가 그럴싸한 말이 생각나면 안 그래도 밝은 낯빛을 더욱 밝혔다.

"낙안은 고고를 싫어할 수도 있었어요."

"나를?"

"네. 고고가 그냥 마을인이 아니라 다친 협곡인, 아픈 협곡인이라고 생각했을 때 그걸 핑계로 고고를 피할 수도 있었어요. 하지만 그러지 않았지요."

"낙안은 도리어 나한테 다가왔어요."

"맞아요. 고마운 일이지요."

그것이 고마운 일이라고는 생각해 보지 않았기에 고고는 흠칫 당황하였다. '그것이 감사한 일일까?' 고고는 그날 내내 생각을 멈출 수 없었다. '내가 마을인이기 때문에, 내가 나이기 때문에 누군가 나를 싫어할 수 있었지만 그러지 않았다는 것에 대해 내가 감사해야 하나?' '싫어하지 않고 좋아해 줬다고 고마워야 하나?' 고고는 답을 내릴 수 없었다. 다만 그런 채로도, 혼란스러운 채로도 비비낙안의 곁을 따라다니는 것을 멈출 수 없었다. 그와 함께 있을 때만 느낄 수 있는 확실한 안전함이 좋왔다. 태어나서 단 한 번도 느껴본 적 없는 느낌이었다.

"안에 있는 것이 부풀거나 겉에 있는 것이 쭈그러들면 겉이 찢어지며 안이 바깥으로 드러나. 그것은 '터짐'이야. 터짐은 자연스러운 이치이며 나는 이 순리를 존중해."

고고는 비비낙안의 말을 들었다. 비비낙안의 말은 늘 어렵고 조심스러웠지만 동시에 의심 없이 곧았다. 그래서 오히려 고고의 마음속에서 의심이 생겨나곤 했다. 자신이 느껴서 받아들인다고 생각하는 비비낙안의 말과 실제로 비비낙안이 전달하려 한 생각이 정말 같을까 하는 의문이었다. 몸짓으로 대화를 주고받을 때는 더욱 그랬다. 그럴 때면 고고는 종종 자신이 비비낙안과의 모든 대화를 다 상상해 내고 있는 건 아닌가 하는 생각에 빠져들기도 했다. 일단 그렇게 믿기 시작하면 급속도로 의기소침해져 나중에는 비비낙안이 아무리 직접적인, 낙타나 당나귀들도 알아듣곤 하는 사인을 주어도 이해되지 않았다. 비비낙안은 그럴 때 고고를 그저 잠시 내버려 두었다. 확신이란 자신이 줄 수 있는 게 아니라고 생각하는 듯했다. 그것은 아마도 비비낙안이 듣지 않고 말하지 않는 자로 살아온 세월 동안 쌓인 경험의 결과일 터였다. 고고는 그의 판단이 이해되면서도 한편 서운하기도 했다. 처음 비비낙안을 만나던 날 그가 거리낌 없이 넉넉하게 쏟아 부어준 물은 아무리 많은 물을 마셔도 다 밀어내는 구멍을 가진 고고의 갈증마저 해소해 주지 않았던가. 물로 그리했다면, 말로 그리해 줄 수도 있는 것 아닌지? 고고는 비비낙안이 자신에게 계속 말을 건네주지 않는 것이, 마음의 갈증을 해소해 주지 않는 것이 실망스러웠다. 그렇게 부루퉁한 채 차분히 혼자 며칠을 보내다 보면 차차 고고의 귀에 다시 비비낙안의 말이 들렸다. 그러면 고고는 기뻤지만 일말의 패배감을 느꼈다.

"문제는 안에 있던 것이 충분히 밖으로 나왔다고 해서 찢어진 걸이 저절로 아무는 건 아니라는 점이야. 그 어떤 상처도 스스로 아물지 않는다고 나는 믿어. 그래서 나는 땅을 도와. 메울 수 있는 부분은 메우고, 붙일 수 있는 부분은 붙여. 채워야 하면 채우고, 정 안되면 가려. 보다시피 나는 몸집이 아주 크기 때문에 그 일에 적합하지."

구멍을 다 살펴보고 나면 비비낙안은 팔을 뻗어 구멍 안으로 집어넣고 가장자리의 모래를 한 움큼 긁어냈다. 그러고는 그것을 주머니에 넣고 앞치마를 입었다. 이와 같은 성분의 모래를 구하러 가는 것이었다. 같은 성분의 모래는 해당 구멍과 가까운 곳에 있기도 했고 먼 곳에 있기도 했다. 비슷해 보이는 지대가 나타나면 비비낙안은 주머니에 담아 온 모래를 한 꼬집 집어 그 위에 뿌려놓고 비교해 보았다. 그것들을 물에 적시거나 냄새를 맡아보기도 했다. 비교가 끝나면 커다란 손을 삽처럼 사용해 모래를 파내 앞치마에 담아 운반하였다. 그러기를 며칠에서 몇 주간 계속하면 대부분의 구멍은 차차 메워졌다.

그는 절대로 구멍을 '완전히' 메우지 않았고 그 점에서 다른 협곡인들과 약간의 마찰을 빚기도 했다. 대부분의 협곡인들은 작업을 완벽하게 마무리하기를 좋아했다. 그것에서 아름다움이나 긍지를, 무엇보다도 안심을 느끼기 때문이었다. 그러나 비비낙안은 그러지 않았다. "그 어떤 상처도 스스로 아물지 않는다고 내가 말했었지." 다른 협곡인들과의 마찰이 유난히 거칠던 날이면 집으로 돌아오는 길에 비비낙안이 이야기했다. "그러나 마찬가지로 그 어떤 상처도 남의 도움으로만 아물지는 않거든. 모든 상처는 안팎으로 아문다. 누군가의 도움을 받아서 스스로 아무는 거야." 비비낙안의 말에는 우울함이 있었기 때문에 고고는 그 말을 깊이 생각해 보지도 않고 얼른 고개를 끄덕여 보였다. 그러면 비비낙안은 커다란 얼굴에 어울리지 않을 만큼 작은 웃음을 지어 보였고 그렇게 하루가 지나갔다.

14
입맞춤

　계절이 몇 번 바뀌고 나자 협곡의 분위기가 심상치 않
았다. 내년의 업무 분담이 정해질 시기가 다가오고 있었
다. 단순하게 말하자면 계속 땅에서 일할 자들과 잠시
땅에서 멀어져 치료소, 급식소, 광산과 밭 등에서 일할
자들을 나누는 것이었다. 대부분의 경우 정해진 순번이
있었으나 특별한 문제가 있는 경우에는 이를 감안해 임
의로 배치를 바꾸기도 했다. 이번에 화두에 오른 협곡인
은 비비낙안이었다.

　"낙안!" 멀리서 고개를 푹 숙인 채 걸어가는 비비낙안
을 향해 고고가 큰 소리로 외쳤다. 그가 어디서 구해다
준 나팔 모양 확성기를 대고 말했음에도 비비낙안은 듣
지 못하고 계속 걷기만 했다. 고고는 판자 아래 작은 바

퀴를 달아 만든 이동용 보드에 올라 열심히 발을 굴려 비비낙안에게 다가가 그의 손가락을 붙잡았다. 가슴의 구멍으로 바람이 시원하게 통과해 기분이 꽤 좋았다. 협곡에서는 아무도 자신의 구멍을 보지 못하니 고고는 구멍을 감출 필요도 없었고, 그래서 오히려 더 자유롭게 느껴지기도 했다. 곧 비비낙안이 고고를 들어 올려 어깨에 태웠다.

"사람들이 다 내 이야기를 해." 비비낙안은 묻지 않았는데도 먼저 말을 털어놓았다. "전부 나를 몰아가고 있어." 비비낙안은 한마디하고 한 번 시무룩해하기를 반복했다. "낙안, 혹시 나 때문일까?" 고고가 물었다. "너 때문이라니?" "네가 작은 인간이랑 다녀서 사람들 눈에 난 거 아니냐고." 고고의 말에 비비낙안은 단호하게 얼굴을 굳혔다. "그런 거 아니야. 내가 구멍을 끝까지 메우지 않아서 그래. 그들은 내가 부주의하거나 무책임하다고 생각하고 있어. 이번이 처음도 아니야."

"늘 그랬어?"

"늘."

"그런데 계속 땅을 고치는 일을 할 수 있었던 거잖아? 이번에도 그럴 수 있을 거야."

"그건 유지 덕분이었어."

"비비유지?"

"자기 순번이 아닌데도 나 대신 치료소에 머물러 줬거
든. 벌써 몇 년 동안이나."

"왜?"

"그건… 어쨌든 이제 비비유지도 땅을 고치는 일로 돌
아와야만 해. 땅의 일을 너무 오래 놓고 있으면 곤란하
거든. 우리는 모두 땅을 보살피는 자들이니까."

그날 저녁 비비낙안과 비비유지는 고고에게 들리지
않을 만큼 작은 목소리로 오래 이야기를 나누었다. 때로
는 고고가 이해할 수 없을 만큼 빠른 속도로 몸짓말을
주고받기도 했다. 고고를 배제한 것이 아니라, 그들에게
너무 익숙하고 그들에게 너무 중요한 어떤 일에 관하여
너무 많은 이야기를 나누어야 했기에, 고고가 저절로 떨
어져 나간 것이었다. 그러므로 고고가 스스로 그들로부
터 떨어져 나온 것이라고 볼 수도 있었다. 그것을 알면서
도 고고는 둘 모두에게 서운했고 특히 비비낙안에게 더
큰 서운함을 느꼈다.

고고는 혼자 보드를 타고 집 주위를 빙빙 돌며 둘의
관계에 관해 여러 상상을 해보았는데 도무지 감이 잡히
지 않았다. 둘은 켤레는 아니었다. 한 집에서 살지도 않
고 한 배에서 나온 쌍둥이처럼 보이지도 않았으니까. '아

기를 갖기로 한 관계일까?' 고고는 생각했다. 마을에서 켤레가 아닌 사람들끼리 함께 아기를 만들자는 약속을 하곤 했던 것을 떠올린 것이었다. 그러면 한쪽이 임신을 할 때까지 종종 만났지만 가족을 이루지는 않았다. 변함 없이 각자의 쌍둥이와 함께 살았고 열 달이 흘러 또 쌍 둥이가 태어나면 아이들을 두 가정에서 나누어 양육했 다. 그 둘이 한 가정을 이룰 수 있을 만큼 자랄 때까지. 그러므로 아기를 갖기로 한 관계란 그다지 끈끈하지도 특별하지도 않은 관계였고, 그렇기에 사는 동안 여러 명 과 관계를 맺는 것도 당연히 가능했다. 이 관계를 가리 키는 특별한 단어가 있는 게 아니라서 마을에서는 그저 '약속'이라고들 했다. 누구와 누가 약속을 했다더라, 이 제 누구와 누구 사이의 약속은 깨졌고 다른 누구와 누구 의 약속이 유효하다더라 하는 식으로 이야기됐다. 고고 는 비비낙안과 비비유지가 차라리 약속을 한 관계였으 면 좋겠다고 생각했다. 켤레라도 괜찮았다. 그것들은 고 고가 알고 있는, 이해할 수 있는 관계였기 때문이었다. 고고가 받아들이기 어려운 것은 두 협곡인이 그런 관계 가 아니면서도 서로에게 유일한, 어쩌면 영원한, 고고로 서는 상상해 본 적 없는 특별한 사이인 것이었다. 그러 나 그들은 종종 그래 보였고 그 사실이 고고를 불안하게 했다.

한참 밤길을 쏘다니다 비비낙안의 집으로 돌아가자 그들이 문 앞 골짜기에 걸터앉아 있는 게 보였다. 비비유지는 커다란 팔을 비비낙안의 등과 어깨에 두르고 있었고 비비낙안은 자신의 양팔을 비비유지의 목에 두르고 있었다. 더욱 이상한 것은 그들이 그 상태로 입을 마주 대고 있었다는 것이었다. 고고는 그 또한 협곡인의 대화법 중 하나일까 생각하며 한 걸음씩 그들을 향해 다가갔다. 그러나 한 걸음을 내디딜 때마다 이상한 깨달음이 불쾌함과 함께 명징해졌다. 고고는 발걸음을 멈추었다. 이윽고 뒤로 내달리기 시작했다.

15
비행

　고고는 분노를 동력으로 삼고 슬픔을 동료로 삼았으므로 울퉁불퉁한 산길 오르막을 한 번도 넘어지지 않고 달릴 수 있었다. 숨이 차고 근육이 뻐근해질수록 더욱 박차를 가해서 스스로 우울할 틈을 허용하지 않았다. 그럼에도 불구하고 고고는 점점 더 우울해졌다.

　오르막이 아닌 곳에서는 보드를 타고 열심히 발을 구르며 강한 맞바람을 느꼈다. 그러던 중 작은 크레이터 하나에 바퀴가 걸려 내동댕이쳐졌고, 고고는 벌떡 일어나 보드를 바위에 내리쳐 부숴버렸다. 고고의 눈에 인 불꽃은 그러고도 사그라지지 않았다. 고고는 결국 비비낙안이 만들어 준 그것을 협곡 아래로 내던져 버렸다. 고고가 얼마나 높이 올라왔던지 그것은 아주 느리게 떨어지는 듯 보였다. 그래서 고고는 자기가 조금만 서둘러 움직이면 그것을 다시 붙잡을 수도 있다고 생각하게 되었고 그러자 후회가 밀려왔다. 고고는 순간적인 용기에 이끌려 낭떠러지로 다가서며 팔을 뻗었다. 곧 발 아래의 땅이 사라지더니 몸이 붕 떠올랐다. 온몸의 털이 삐죽 솟았다. 고고는 눈을 질끈 감았다.

그러나 아무 일도 일어나지 않았다. '어쩌면 나는 벌써 죽은 걸까?' 고고는 팔다리를 허우적거려 보았고, 그러자 허공을 걷는 느낌이 들었다. '역시 아직 떨어지는 중인 걸까?' 고고는 눈을 떠 찬찬히 주위를 둘러보기까지 했다. 그러나 풍경은 어느 방향으로도 쏟아지지 않는 그대로였고 각기 다른 모양으로 뾰족한 산맥들의 위치며 배치까지 그다지 변하지 않은 채 머물러 있었다. '이건 마치…' 고고는 생각했다. '내가 공중에 붕 떠 있는 것 같잖아?' 그리고 고고는 곧 그것이 사실임을 깨달았다.

허공에 뜬 채로 고고는 추측을 시작했다. 해답은 얼음을 끼워 넣은 듯 점차 차가워지는 가슴의 구멍에서 찾을 수 있었다. 그곳으로 북풍이 통과하고 있었다. 행성의 북쪽 분지, 그러니까 마을에서 내려오는 차가운 이 바람은 일 년 내내 북반구의 적도를 향해 부는 결코 약하지 않은 바람이었다. 협곡 사이사이를 지나다니고 부딪치면서 흐름이 거세지는 이 바람을 협곡인들은 '물살바람'이라 불렀다. 물살바람이 유독 강하게 불 때 휩쓸리면 협곡인들마저도 급류에 휘말린 듯 허우적거리며 밀려가기도 했으므로 고고도 퍽 주의를 기울이던 터였다. 그러나 이 바람이 사람의 몸을 띄울 수 있으리라고는 생각해 본 적 없었다. 그도 그럴 것이 고고가 이 물살바람의 손아귀에 채여 공중으로 떠오른 건 고고 가슴 중앙에 구멍이 뚫려 있었기 때문이었으니까. 차고 빠른 바람이 고고의 가슴에 난 구멍을 통과하며 기압 차를 일으켜 고고의 몸을 띄운 것이었다. 강력한 북풍 앞에서 고고라는 존재는 마치 협곡인이 날리는 방패연과 다름없었다.

알고 나서도 인정하기 힘든 사실이 있었다. 받아들이기 힘들어도 겪어내야 하는 상황이 있었다. 고고는 허공에 뜬 채 움찔움찔 움직이는 자신의 전신을 겪어내고 있었고 자신이 어떤 원리로 이런 상태가 되었는지도 알고 있었지만 이런 상황에 처한 자신을 도무지 인정하고 받아들일 수 있을 것 같지 않았다. 스스로가 너무 사물처럼 느껴졌기 때문이었다. 하늘을 나는 동물은 적지 않았다. 습지에 살던 시절 나방들도 종종 만났고, 훨훨 날아 남쪽으로 향하는 새 떼를 본 일은 셀 수 없이 많았으니까. 그러나 그들은 모두 날개로 날지 않았던가? 고고처럼 이상한 방식으로, 이렇게 몸에 난 구멍으로 말미암아 몸이 바람에 '들어 올려지는' 동물은 고고가 알기로 하나도 없었다.

고고는 수치심에 몸을 조금 웅크렸다. 그러자 고고의 몸이 천천히 하늘을 미끄러져 앞으로 나아가기 시작했다. 정말 하나의 커다란 연과 같았다. 고고는 하늘을 이런 식으로 나는 것이 무서워 아까처럼 다시 팔다리를 펼쳤고 그러자 움직임이 멈추었다. 곧 고고는 자신이 이 비행 자체를 어찌할 수는 없지만 비행법은 어찌해 볼 여지가 있다는 것을 깨달았다. 그 원리를 아는 것과 무관하게 제대로 된 비행에 도달하는 건 아직 쉽지 않았다. 고고는 여러 차례, 조금씩 팔과 다리를 뻗고 이것저것을 펼쳐 바람의 저항을 컨트롤해 보기 시작했다. 이리저리 몸의 속도와 방향을 바꾸며 시험했다. 고고의 몸은 영민하게 익혔고 곧 비행법을 얼추 깨달을 수 있었다. 이제 고고는 꽤 빨리 날았다. 협곡들이 눈앞을 계속 가로막아서 고도를 상승시켰다. 협곡에 박힌 보석들이 반짝였다. 보석들이 아스라이 멀어지면 덜컥 겁이 나고 추워져 다시 협곡 아래쪽으로 내려갔고, 그러다 앞이 가로막히면 또다시 올라가기를 여러 차례 반복했다.

얼마 지나지 않아 고고는 중대한 사실 하나를 깨달았는데 자신이 바람을 타고 나는 이상 뒤로는 날아갈 수 없다는 사실이었다. '되돌아갈 수 없다는 것을 알아차리는 때는 왜 언제나 이미 너무 멀리 온 뒤일까?' 고고는 절망적으로 더욱 높이 떠올랐다.

발아래에 검게 늘어선 산맥이 보였다. 고고가 알기로 이렇게 검고 뾰족하고 한 줄로 늘어선 산맥은 탄치산맥뿐이었다. 그리고 탄치산맥은 고고가 배운 대로라면 둥지의 가장자리를, 그러니까 적도를 따라 형성되어 있었다. 탄치산맥이 속절없이 고고의 발밑을 지나 등 뒤로 멀어져 갔다. 어쩌면 고고는 마을인들 가운데 최초로, 어쩌면 북반구인들 가운데 최초로 이 행성의 남반구에 도달하고 있었다.

망울의 창조 신화(1)

태초에 신은 하나의 눈송이였다.
그것은 부드럽고 차갑고 가벼웠다.

'나는 자유자재로 허공을 활보하는 존재야.'

눈송이는 스스로 생각했는데
자신이 아주 조금씩 꾸준하게 하강하고 있다는 사실을
몰랐기 때문이었다.

그때 아래쪽에서는
뜨거운 나무가 한 그루 자라나고 있었다.
뜨거운 나무는 불처럼 타오르는 가지를 위로 뻗으며
점점 더 무성해졌다.

마침내 눈송이가 그 열기를 느끼고
뜨거운 나무에게 그만 자라날 것을 제안했다.

"내가 왜 네 말을 들어야 하지?"

뜨거운 나무가 물었다.

"그러지 않으면 너는 이 세상에 혼자 남겨질 테니까."

눈송이가 대답했다.

그래서 뜨거운 나무는 자라기를 멈추었다.

그러나 눈송이는 스스로 아래로 떨어지는 것을 멈출 수
없었다.

그때 뜨거운 나무와 그리 멀지 않은 곳에서

차가운 나무 한 그루가 자라나기 시작했다.

차가운 나무는 고드름처럼 얼어붙은 가지를 위로 뻗으며

점점 더 무성해졌다.

"저 나무에게도 더 자라지 말라고 해."

뜨거운 나무가 눈송이에게 말했다.

그러나 차가운 나무는 눈송이를 위협하는 존재가 아니
었기 때문에

눈송이는 차가운 나무가 계속 자라도록 내버려 두었다.

마침내 차가운 나무의 날카로운 나뭇가지 하나가

뜨거운 나무의 심장을 꿰뚫자

뜨거운 나무의 뜨거움이 식어버렸다.

그리고 뜨거운 나무의 심장 안에 들어간 나뭇가지서부터

차가운 나무의 차가움도 식어버려

두 나무는 모두 평범해졌다.

공중에 나란히 선 두 나무는

곧 씨를 맺어 주변을 자식 나무들로 가득하게 했다.

나무들은 공기를 만들었고

물을 만들었고

계절과 날씨를 만들었다.

곧 수천수만 송이의 눈이 하늘을 뒤덮자

태초의 눈송이는 그들에 뒤섞여

소리를 지르며

빠른 속도로 바닥으로 내려왔다.

이윽고 그 눈송이들에서 팔다리가 자라나 인간이 되었다.

다음 날,

새로 뜨거운 나무가 자라기 시작했다.

눈으로 만들어진 인간들은 함께 뭉쳐

얼음 나무가 되어 그에 대항했다.

두 나무는 치열하게 싸웠다.

싸움은 막상막하였다.

손에 닿는 모든 것을 던지고

녹이고

태우고

얼리고

부쉈다.

파괴했고 파괴시켰다.

얼마 뒤 새로운 차가운 나무가 자라기 시작했을 때

그의 눈앞에 전쟁터가 된 세상이 펼쳐졌다.

그는 절망한 나머지 머리를 거꾸로 해 밑으로 자라기

시작했다.

그러자 뜨거운 나무의 뿌리들이

차가운 나무의 줄기들에 뒤엉켜 식었고

비로소 땅이 만들어졌다.

얼음 나무는 진짜 나무가 아니었기에 뿌리가 없었다.

다만 모방된 줄기와 가지들뿐이었다.

그러므로 아래쪽에서 일어나는 일들을 몰랐고,

자신들이 승리를 거두었다고 생각했다.

그래서 다시 눈송이들로 흩어져 이전의 삶으로 돌아가

려고 했지만

이미 몸들이 단단하게 뭉쳐진 뒤였다.

제 2 장

1
새들의 땅

고고의 착륙은 천천히 이루어졌다. 맨몸으로 하는 착륙에 겁이 난 고고가 필요 이상으로 신중을 부린 탓도 있었지만, 편평하고 너른 땅이 없었기 때문이기도 했다.

하늘에서 보는 남반구는 기이하기 짝이 없었다. 땅에 둥근 크레이터들이 여기저기 뚫려 있었는데 그 크기며 수가 협곡과는 비교도 할 수 없을 정도로 크고 많았다. 게다가 남반구의 크레이터들은 색깔을 지니고 있었다. 노랑, 빨강, 초록, 파랑, 연두, 보라에 고고가 미처 이름을 알지 못하는 색깔들로 각각의 크레이터들은 빛나고 있었고 땅의 색은 마을의 눈처럼 희어 알록달록함이 더욱 돋보였다. 아기 옷을 지을 천을 넓게 펼쳐놓은 듯 사랑스러웠다.

고고는 보랏빛 크레이터에 가까이 다가가고자 했고, 바람이 고고를 그곳으로 내려보냈다. 점차 가까워지는 아래를 내려다보다 고고는 자기 발밑에 놓인 보랏빛 평면이 땅이 아니라 물이라는 사실을 깨달았다. 크레이터들에는 색색의 물이 고여 있었던 것이었다.

고고는 짧은 순간 자신이 한 잔의 음료 속으로 빠지고 있다는 기분에 미소를 지었다. 잠수는 습지에서 몇 번이나 해봤던 일이었으므로 자연스럽게 코를 막고 눈을 감았다. 가슴의 구멍이 귀뚜라미처럼 찌르르 울며 기포를 내보냈다. 고고는 몸이 물에 전부 잠기기를 기다렸다가 팔다리를 움직였다. 물이 얕아 고고의 발이 바닥에 닿았다. 눈을 뜨고 뭍으로 걸어 나가던 고고의 입에 물이 한 모금 들어가자 고고는 깜짝 놀라 튀어 올랐다. 물에서 짠맛이 났기 때문이었다.

북반구에는 바다가 없었으므로, 생전 바닷물을 접해보지 못한 고고는 이 웅덩이가 썩은 늪이나 독이 섞인 우물과 같은 것이라고 생각했다. 서둘러 땅으로 올라온 고고는 가슴의 구멍부터 살폈다. 짠물이 직접 들락날락했을 구멍은 좀 따끔거리기는 했지만 특별히 이상한 점은 없었다. 고고는 안도 반 걱정 반 한숨을 내쉬며 웅덩이 가장자리에 앉아 그 이상한 물을 내려다보았다. 어디

선가 쏴아쏴아 하는 소리가 들려오고 있었다. 큰 동물의 숨소리가 아닐까 하여 고고는 일단 몸을 피하기로 했다. 몸을 일으켜 소리 나는 쪽의 반대 방향으로 걷는 것이었다.

공중을 날다 평범하게 걸으려니 힘이 들었다. 몸이 아니라 마음이 그랬다. 한 발짝 한 발짝을 터벅터벅 걷는 일이 이다지도 수고스럽고 귀찮은 일이었던가? 잠시의 비행을 위하여 평생 벗어날 수 없는 갑갑함을 대가로 치른 것 같았다. 고고는 문득 노노를 생각했다. 썰매가 없던 시절의 노노를, 고고가 썰매를 만들어 준 후의 노노를 생각했다. 그 썰매를 빼앗는 일에 관해 논의하던 마을 어른들을 생각했다. 그러자 더욱 답답해졌고 더욱 날고 싶어졌다. 하지만 방법이 없었다. 고고는 날개가 아니라 구멍으로 날기 때문에 적당한 바람을 타야만 공중에 뜰 수 있었고 그러려면 다시 온몸으로 바람을 받을 수 있는 높은 곳에서 때를 기다려야만 했으므로. 고고는 조용조용 투덜대며 천천히 걸었다.

고고의 발이 몇 번이나 웅덩이에 빠졌다. '남반구는 보기에 알록달록 귀엽기나 하지 사람이 살 곳은 못 되는구나.' 그러나 발밑에서 사각거리는 흰 모래는 촉각적으로나 청각적으로나 아주 사랑스러운 것이었다.

사박사박 걷는 동안 밤은 더욱 깊어졌다. 달빛을 반사하는 모래의 빛은 어지간한 별빛보다도 밝아서 고고는 마치 좋은 불을 가득 밝힌 밤의 정원을 거니는 인상을 받았다. 고될 정도의 각성을 일으키곤 했던, 마을에서 보낸 하지의 흰 밤과는 전혀 다른, 편안하고 느긋한 밝은 밤이었다.

그리고 많은 새들이 있었다. 꽃밭의 꽃처럼 많은 새들이. 그들은 제각기 크고 작았으며 알록달록하였고 저마다 지저귀었다. 레이레이 삐 레이레이 삐- 추이 하 추이 하- 팃팃팃팃 웨이멈멈 팃팃팃팃 웨이멈멈- 고고는 그중 익숙하게 들리는 몇몇 노래들을 옹알이하듯 따라 불렀다. 실제로 그것들은 마을의 아기들이 가장 먼저 깨치는 노랫소리이기도 했다. 불안이 녹으며 어린 자 특유의 용감과 배포가 고고의 마음속에서 기억처럼 돋아났다. '새가 많다는 것은 알이 많다는 의미이기도 하지.' 고고는 생각했다. '굶주림은 걱정할 필요 없을 거야.'

그러나 고고는 곧 자신의 가슴에 구멍이 뚫려 있는 이상, 혼자서 구할 수 있는 적은 양의 물과 식량으로는 그리 오래 버틸 수 없다는 것을 기억하게 되었다. 지금까지 협곡인들의 보살핌에, 그들의 거대한 음식과 많은 양의 물에 기대 겨우 목숨을 부지하고 있었다는 것을 그만 잊고 있었던 것이었다. 평범한 사람, 그러니까 가슴에 구멍 따위 가지지 않은 사람이야 몇 알의 알과 몇 모금의 물로도 얼마간 건강을 유지할 수 있겠지만 고고는 그럴 수 없었다. '나는 밑 빠진 독이야.' 고고는 생각했다. 그러나 더 생각해 보니 사람이나 동물이나 살아서 먹고 배설하는 존재들은 전부 밑 빠진 독과 같은 처지였다. '그럼 나는 밑도 빠지고 가운데도 깨진 독이야.' 고고는 다시 생각했고 그러자 자신이 곧 산산조각이 날 것만 같이 위태롭게 느껴졌다.

2
가장 가까이서 들려오는 속삭임

'일단 오늘 밤 여기서 잠시 눈을 붙이고 날이 새자마자 다시 산에 올라 바람을 찾아보자.'

꼬리 긴 생각의 끝을 불안이 확 잡아채는 게 느껴졌다. '산에 다시 올라야 한다니. 그럴 수 있을까.'

마을에서는 산을 하늘 위 우주와 연결되는 발판으로 여겼다. 적도를 따라 솟아난 탄치산맥에 관한 수많은 전설은 말할 것도 없었고 마을에 위치한 몇 안 되는 나지막한 화산들도 저마다의 경고를 담은 이야기들을 한두 개씩 가지고 있었다. 그 산들이 화산이라는 사실 또한 두려움에 크게 작용했으리라. 함부로 산에 오르려 시도한 자는 벌을 받는다는 경고를 고고는 늘 터무니없는 소리라 취급하곤 했었는데. 고고는 침착해지기 위하여 구

108
고고의 구멍

멍을 손바닥으로 몇 번 쓸어내리고는 일단 그나마 부드러워 보이는 땅을 골라 손으로 파기 시작했다. 조그만 구덩이를 만들어 몸을 묻고 잠잘 생각이었던 것이었다. 고고는 아주 피로했으므로 오히려 더욱 열심히 일했다. 이제 마지막으로 딱 한 번만 더 파내면 되겠다고 생각하며 모래에 손을 가져다 댔을 때, 무언가 뾰족한 것이 고고의 손가락을 찔렀다.

고고는 순식간에 피가 흐르기 시작하는 손가락을 꾹 쥐어 지혈하면서 자신이 방금 무엇에 다친 것인지 확인하기 위해 구덩이 안을 자세히 들여다보았다. 돌부리나 식물의 뿌리는 아닌 것 같았다. 꼭 칼에 베인 듯 단순하고 말끔한 상처였다. 어쩌면 작은 동물이나 곤충인지도 몰랐다. 한두 마리라면 괜찮지만 떼로 모여든다면, 게다가 육식성이라면 이 구덩이는 아깝지만 포기하는 편이 나을 터였다. 남반구의 생태에 관해서는 전혀 몰랐으므로 고고는 더욱 조심스러웠다. 마침 땅을 파다 발견해 내던져 두었던 조약돌 하나가 있어 그것으로 다시 구덩이를 두드리기 시작했다.

곧 '챙' 하고 돌에 쇠붙이가 부딪히는 소리가 들렸다. 재빨리 살피는 고고의 눈에 작고 날카로운 삽 같은 것이 흙 위로 나왔다 들어가는 게 보였다. 고고가 다시 조심해서 돌멩이질을 하자 이윽고 아까의 그 작은 쇠붙이가 쑥 솟아올랐다. 고고는 자기도 모르게 그것을 손가락으로 꽉 붙잡아 들어 올렸다. 그러자 곧 우두둑 소리를 내며 무언가 끌려 올라왔다. 그것은 작은 협곡인처럼 보호복을 잘 차려입은, 두더지만큼 작은 인간이었다.

고고가 그를 손바닥 위에 올려놓자 그는 곧 삽을 고고의 손바닥 이곳저곳에 찔러대며 파고 내려가려고 시도했다. 꽤 따가웠기에 고고는 그에게서 작은 삽을 빼앗았다. 삽시간에 삽을 빼앗긴 그는 기이하게도 사족보행 자세를 취했고 그 자세로 매우 황당해하며 고고 쪽을 노려보았다. 그의 작은 눈을 마주 본 순간 고고가 자기도 모르게 웃어버리자, 그는 작은 고구마처럼 새빨개져 주먹을 불끈 쥐고는 싸울 태세를 취했다.

그러나 이 싸움은 곧 뒤로 미뤄야만 했다. 땅속 어딘가에서 결코 작지 않은 나팔 소리와 함성 소리가 들리더니 한 무리의 소인들이 우르르 밀려 나왔기 때문이었다. 그들은 모두 첫 번째 소인처럼 완전히 무장을 하고 있었으나 그 색깔과 방식이 사뭇 달라 같은 편으로는 보이지 않았다. 몇몇은 네 발로 걸었고 몇몇은 두 발로 걸었는데 신체 구조가 달라 보이지 않았으므로 전략상 그렇게 나눈 것으로 짐작되었다. 한두 무리는 네 발로 선 소인과 그들의 등에 두 발로 올라탄 소인이 짝을 이루고 있었는데 이는 고고의 눈에 무척 기이하고 근사하게 느껴졌다. 그러나 고고의 손바닥 위에 선 소인에게는 다른 감정을 불러일으키는 모양이었다. 그는 눈에 띄게 당황하며 공포에 질린 채 네 발로 고고의 팔꿈치 쪽으로 달리기 시작했다. 그러나 곧 땅 위의 소인들 중 하나가 망원경처럼 보이는 물체로 그 도주를 발견했고 그들은 새까맣게 몰려들어 고고의 다리를 타고 기어오르기 시작했다. 고고가 어찌할 바를 몰라 어리둥절해 있자니 첫 번째 소인은 몹시 떨며 고고 쪽으로 더욱 가까이 왔다. 곧 그가 고고의 품에 매달리자 고고는 자신도 모르게 손으로 그를 끌어안았다. 그의 떨림이 점점 더 가까이, 마치 자신의 떨림처럼 느껴진다는 생각을 마지막으로 고고는 큰 비명을 지르며 몸을 웅크렸다. 소인이 고고의 구멍 안으로 들어간 것이었다. 그것은 몹시 뜨겁고 답답하였으며 한편으로는 이루 말할 수 없이 충만한 느낌이었다.

고고의 어마어마한 비명에 놀란 군인들이 전부 퇴각한 후, 고요함은 더욱 새삼스러워 어깨 위를 묵직하게 내리눌렀다. 고고는 가슴 쪽을 내려다보았으나 이미 밤이 너무 캄캄해 한 치 앞도 보이질 않았다. 고고는 지친 몸을 허물어뜨리듯 천천히 구덩이 안에 뉘었다. 그리고 한

손을 들어 조심스레 가슴을 쓸었다. 전에 없던 어떤 막
같은 것이 느껴졌다. 손끝에 닿기로 아주 얇고 연약한
막 같았지만 그저 뻥 뚫려 있던 때에 비하면 천국처럼
든든했으며 무엇보다도 안쪽이 무척이나 따뜻했다. 기분
이 묘해 두 번은 쓰다듬을 엄두조차 나지 않았다. 곧 멀
리서 어떤 속삭임이 들려왔는데 그것은 실은 전혀 멀리
서 들려온 것이 아닌 아주 가까운 데서, 가장 가까이서
들려오는 속삭임이나 다름없었다.

　'고마워.'

　고고는 놀라서 다시 막에 손바닥을 가져다 댔다. 곧
막의 안쪽에서 작은 손바닥 하나가 다가와 고고의 손바
닥과 만났다. 고고는 자기가 진심으로 웃고 있다는 사실
을 깨달았다. 이렇게 웃으며 앉아 있는 시간은 아주 오
랜만이었다. 어쩌면 노노가 떠난 뒤로 처음이었다.

3
듣지 않아도 들리는 소리

고고의 구멍 안으로 몸을 피한 소인은 자신을 '금'이라 불렀다. 이것이 그의 이름인지 칭호인지 별명인지 알수 없었지만 고고는 금을 금이라 불렀다. 금이 금을 금이라 불렀기 때문이었다. 고고는 자신이 이 작은 인간에게 느끼는 갑작스러운 애정에 놀랄 시간이 필요했지만 금은 쉴 새 없이 말을 하는 존재였으므로 금의 말을 듣느라 좀처럼 시간이 나지 않았다.

듣지 않을 수는 없었다. 금이 구멍 안에서 무언가 이야기하면 그것이 아주 강력하고 직접적인 방식으로 고고에게 전달되었기 때문이었다. 금이 낸 소리는 고고의 심장을 진동시켰다. 그래서 고고는 금의 말을 귀가 아닌 심장으로 들었다. 그것은 듣지 않아도 들리는 소리였다.

자연히 고고는 비비낙안과의 기억을 떠올릴 수밖에 없었다. 그와 나눈 대화 가운데 상당한 부분이 이처럼 입과 귀가 쉬는 방식으로 이루어졌었기 때문이었다. 그러나 비비낙안과의 소통이 고고에게 지독할 만큼의 의심을 지속적으로 유발했던 것에 반해 금과의 소통은 눈곱만큼의 의심도 유발하지 않았다. 고고는 추측하지 않아도 됐다. 좌절하거나 자책하지 않아도 됐다. 대신 고고는 알았고 느꼈고 믿었다. 확신했다. 그것이 좋다고 생각하였다.

고고는 금이 말할 때 자신이 말하고 있다는 느낌을 받기까지 했다. 금이 무언가 바라고 그것을 말하면 고고는 마치 금의 소망을 함께 바라고 있었던 것처럼, 꼭 자기 안에 있던 소망을 우연한 계기로 새삼스럽게 다시 발견해 낸 것처럼 느끼곤 했던 것이었다. 그래서 금이 '집으로 돌아가고 싶다'라는 소망을 발화했을 때에도 고고는 이런저런 것들을 고려하지 않고 곧바로 출발 태세를 갖추며 금에게 단도직입적으로 집의 위치를 물었다.

"바로 네 발아래에 있지."

금은 말했다.

"땅을 파 내려가면 돼?"

고고가 물었다.

"바보야. 그러면 왕국의 천장이 무너져 모두 죽고 엉망이 되고 말 텐데? 폐허가 된 고향에 혼자 돌아가느니 평생 여기저기를 떠돌고 말지."

"그럼 나한테서 나와서 혼자 돌아갈 계획이야?"

"아니. 아직은 상황이 너무 나빠. 너도 봐서 알잖아."

금의 시무룩한 말투에 고고가 덩달아 심각한 얼굴로 고개를 끄덕였다. 가슴 안쪽에서 주고받는 안도와 기쁨은 서로가 서로에게 비밀로 했다.

"어떤 사연인지는 모르겠지만," 고고가 말했다. "가능한 만큼 너를 지켜줄게."

곧 고고의 가슴 속에서 잘그랑잘그랑 웃음소리가 울려 퍼졌다.

그러나 고고가 금을 지키는 것 이상으로 금 또한 고고를 지켜주고 있다는 것을 고고는 곧 깨닫게 됐다. 금이 고고의 구멍을 차지하고 얇은 막이 나타난 덕에 다시 음식과 물을 제대로 소화시킬 수 있게 되었기 때문이었다.

"몇 개월 만인지 몰라."

고고가 가시를 뽑아낸 애벌레 몇 마리를 볼 안 가득 우물거리며 말을 이었다.

"먹어도 먹어도 배가 고팠어. 그러니 나중에는 먹고 싶지도 않아졌고 배가 고프지도 않아졌지. 그러자 힘이 없었어. 뭘 해도 제대로 되질 않았어."

고고의 말에 금은 한껏 슬픈 표정을 지어 보이는 것으로 고고를 위로했다. 고고는 그 표정을 잠시 내려다보다 죽은 딱정벌레 하나를 막 안으로 밀어 넣었다. 금의 작은 손이 그것을 받아 드는 게 느껴졌고 곧 오드득오드득 껍데기를 씹는 소리가 들려왔다. 금이 고고의 구멍에 들어간 이후 생겨난 얇은 막은 젤리처럼 물컹거리며 탄력이 있어서 그 안으로 뭔가 밀어 넣거나 안에서 뭔가 내보내는 게 가능했다. 고고는 하루에도 몇 번씩 금에게 이런 방식으로 먹을거리를 건네주었고 금은 구멍 안이 더러워지지 않게 쓰레기를 밖으로 밀어냈다. 구멍 밖으로 떨어지는 곤충의 껍데기 따위를 보고 있자면 고고는 언젠가 비비낙안이 했던 말이 떠오르곤 했다. 크레이터를 쓰레기로 채운 적이 있다는 이야기. 강력한 지열로 인해 대부분의 쓰레기들은 단 며칠도 지나지 않아 타거나 녹아버렸고, 그로 인해 고약한 냄새를 풍기기까지 한 그 크레이터들을 다시 메우느라 두 배로 고생해야 했다는 이야기였다. 고고는 자신의 체온이 망울 깊은 곳에서 솟아나는 지열만큼 뜨겁지는 않다는 사실을 알고 있었다. 만약 금이 쓰레기들을 제때 내보내지 않고 고고의 구멍 안에 쌓아둔다면 그것들은 타거나 녹는 대신 계속

쌓여 구멍을 채울 것이었다. 그것은 아마도 자신이 구명에 저지를 수 있는 최악의 무례일 거라고 고고는 조용히 생각했다.

4
잊어도 괜찮겠다는 생각

금과 있는 동안 다른 소인들이 무리를 지어 줄곧 찾아왔다. 금은 어떤 이들을 적군이라 부르고 어떤 이들을 아군이라 불렀는데 둘 모두를 피했다.

"똑같아."

"뭐가?"

"어느 쪽을 만나든 내가 죽는다는 거."

금은 자기 편의 군대에 붙잡혀 죽을 확률이 더 높다고도 했다. 금에 따르면 금은 '전쟁' 중 도망친 장군이기 때문이었다.

"자기가 죽고 싶지 않으면 상대를 죽였어. 상대를 죽이고 싶지 않으면 자기가 죽었고. 다른 방법은 없었어. 하지만 난 죽지도 죽이지도 않을 수 있는 위치에 있었어. 죽이라고 명령하거나 죽으라고 명령하는 게 내 일이었으니까. 고고, 그러니까 나는 나의 죽음이나 죽임을 피해 도망친 것도 아니야. 그래서 나한테는 변명할 말도 없어."

금은 스스로를 파렴치하고 비겁한 사람으로 여겼지만 다른 소인들의 생각은 달라 보였다. 아군의 옷을 입은 자들도 적군의 옷을 입은 자들도 모두 금을 찾아와 자신들의 편에 서달라 빌었다. 금은 그들을 가까이 오게 할 때도 있었고 다가오지 못하게 할 때도 있었다. 다가오지 못하게 할 때는 고고가 움직였다. 고고는 일어서서 반대 방향으로 걸었다. 산책을 하듯 천천히, 한 방향을 향해 걷다 보면 작은 자들은 고고를 쫓아 달려오다 지쳐 뒤처지며 슬픈 눈으로 고고의 뒷모습을 하염없이 바라보았다. 그러면 고고는 이루 말할 수 없는 가여움과 안타까움에 숨이 막혔다. 이런 마음을 느끼게 하는 금이 원망스러워지기도 했다.

"나를 원망하지 마." 언젠가는 금이 이야기했다. "네가 나를 원망하면 네 가슴 속이 몹시 차가워져. 그러면 나는 추워서 견딜 수 없어. 이 안에서 얼어 죽어버릴 것만 같단 말이야." 고고는 그러지 않겠다고 약속했지만 마음을 다스리는 것은 쉽게 되지 않았다. 그럴 때면 고고는 바다를 향해 걸었다. 처음 남반구에 착륙했을 때 커다란 동물의 숨소리라고 생각했던 파도 소리를 따라 걷는 것이었다.

처음 바다를 마주했을 때의 기분은 공포에 가까웠다. 원래대로라면, 그러니까 북반구에서라면 협곡을 지나 습지와 마을을 이루고 있어야 할 땅이 온통 푸르고 깊은 물로 일렁이고 있었기 때문이었다. '큰 홍수가 있었던 걸까?' 세찬 물이 습지와 마을을 집어삼킨 뒤의 끔찍한 재난 상황을 마주한 것만 같았다. 그 말을 듣자 금은 깔깔 웃었다. "집어삼켜진 건 아무것도 없어. 지도리는 원래 이런 모습이었으니까." 소인들, 그러니까 남반구인들은 자신들이 사는 땅을 '지도리'라고 불렀고 고고는 이 이름을 즐겁게 받아들였다. 그러나 넓게 펼쳐지며 세계를 구성하는, 말하자면 세상의 배경이 땅이 아니라 물일 수도 있다는 사실 자체를, 바다라는 존재 자체를 받아들이는 것은 결코 쉬운 일이 아니었다. 반면에 금은 강과 웅덩이는 있지만 바다는 볼 수 없는 북반구의 지리를 이상할 정도로 쉽게 받아들였다. 위도에 따라 협곡과 습지와 마을을 형성하는 땅에 대해서도 금세 이해했다. '그럴 수도 있겠다'는 것이었다. 고고는 금의 그런 태도가 좋았다. 바다를 몹시 좋아하면서도 바다가 없는 세상을 무덤

덤하게 받아들이는 금의 모습에는 근사한 데가 있었다.

색색의 소금밭을 지나 돌아오는 길도 근사하기는 매한가지였다. 알록달록 물이 고인 크레이터들은 밀물과 썰물에 따라 일정한 주기로 바닷물이 밀려들었다 빠지며 소금을 만드는 소금밭이었다. 각 크레이터에 사는 박테리아와 미생물의 분포에 따라 색이 달라져 그렇게 알록달록해진다는 것이었다. 색깔마다 소금의 맛도 많이 달라서 어떤 소금에서는 단맛이 강하게 났고 어떤 소금에서는 맵거나 화한 맛이 강하게 났다. 같은 곤충을 먹더라도 어떤 소금을 쳤느냐에 따라 다른 식사가 되었고, 이는 하루하루를 다채롭게 하는 소소한 즐거움이었다.

"너와 함께 있으니 꼭 내 구멍이 영영 메워져 버린 것 같아."

고고가 분홍빛 바닷물 위에 누워 말했다. 불현듯 비비낙안과 비비유지의 얼굴이 떠올랐지만 곧 기분 좋을 만큼 흐릿해졌다.

"구멍이 있었던 시절이나 없었던 시절은 잘 기억도 안 나."

고고가 바닷물 위에 누워 풍뎅이를 터트려 먹으며 말했다.

"이대로 전부 잊어도 괜찮겠다는 생각이 들어."

멀리서 새 떼가 날아올랐다. 고고는 눈을 꾹 감고 금의 대답을 기다렸다. 포동포동 살이 오른 고고의 볼이 느릿느릿 움직였다. 고고는 금이 자그맣고 달콤한 목소리로 어서 '나도'라고 대답해 주기를 기다렸다.

"난 듣고 싶은데."

잠시 후에 금이 대답했다.

"뭘?"

"네 이야기 말이야. 내가 모르는 너에게 어떤 일들이 있었는지, 그때 네가 어땠는지 그런 거."

고고는 천천히 눈을 뜨며 이야기가 될 만한 장면들을 떠올려 보았다. 하지만 한참이 지나도 아무 말도 꺼낼 수 없었다. 모든 기억이 지나치게 흐릿했고, 그것에 스스로 놀랐기 때문이었다. 조금 멀어졌을 뿐 언제든 불러낼 수 있을 줄 알았는데 어떤 기억들은 너무 멀어져 불러도 닿지 않는 존재가 되어 있었다. 군데군데 구멍이 뚫려 무너지기 일보 직전인 모래성처럼 고고의 과거는 허물어지기 직전이었다. 고고는 누운 그대로 굳어버렸다. 뒤척일 수도 없었다. 금은 아무 말도 하지 않다가 못 견디게 뜨거워진 가슴 안쪽에서 깜짝 놀라 눈을 떴다. "고고, 무슨 일 있어?" 금이 물었다. "네 마음속이 너무 뜨거워. 어디 아파?"

"금아." 고고가 말했다.

"응." 금이 대답했다.

"기억이 구멍으로 빠져나갔나 봐." 고고가 충격으로
글썽이는 눈으로 말했다. 고고의 눈동자가 허공을 향했
다. "음식이나 물처럼 빠져나가고 있었나 봐, 그동안."

5
노노(2)

노노는 태어날 때부터 두 다리를 쓸 수 없었다. 채집을 하거나 얼음 위를 이동하다 다리를 다치는 마을인들은 종종 있어왔지만 태어날 때부터 아예 걷지 못하는 아이는 처음이었기 때문에 마을의 어른들은 노노를 어떻게 돌보아야 할지 알 수 없었다. 그들은 노노를, 노노의 다리를 '훈련'시키려 했는데 이것이 노노의 마음에 큰 상처를 남겼다. 어릴 때부터 노노는 고고 앞에서만 울었다. 고고는 우는 노노를 달래기 위해 나무로 이런저런 것들을 깎아 만들어 주었다.

열 살을 넘긴 어느 날엔가 노노는 고고에게 나무로 썰매를 만들어 달라고 했다. "썰매라고?" 고고는 물으며 엎드려 썰매 타는 시늉을 했다. 그러자 노노는 고개

124
고고의 구멍

를 저었다. "지금 어른들이 타는 그런 썰매 말고, 의자 달린 썰매 말이야." 고고는 깜짝 놀라 눈만 깜박였다. 의자가 달린 썰매라니? 마을에서 사람들이 이용하는 썰매는 매끄러운 나무껍질 등을 길쭉하고 납작하게 편 것으로, 눈이나 얼음 위에 놓고 밀며 달리다 어느 정도 가속도가 붙으면 그 위에 엎드려 올라타는 방식을 취했다. 그러고는 앞에 달린 간단한 방향키로 방향을 조정하며 나아가는 것이었다. "나는 그런 평범한 썰매를 탈 수 없잖아. 썰매를 밀며 달리기는커녕 혼자서 걷지도 못하는걸." 노노는 담담한 목소리로 말했다. "만약 썰매에 의자가 달려 있다면 나도 탈 수 있을 거라고 생각했어. 앉은 채 기다란 막대로 얼음을 치며 나아가는 거야. 나는 팔 힘이 세니까." 엉덩이를 들썩이며 팔을 저어 보이는 노노의 얼굴이 벌써 썰매를 탄 듯 환했다. 고고는 곧 작업에 착수했다. 노노가 편안하게 앉을 수 있는 부드러운 곡선 형태의 의자 아래에 매끄럽고 곧은 나무껍질을 달아 썰매를 만들었고 끝을 뾰족이 깎은 막대도 만들었다. 마을의 어른들은 더러 고고의 썰매가 노노의 신체를 더 약하게 하고 노노의 정신을 더 여리게 할 것이라는 우려를 표했지만 고고에게 직접 훈계를 건네는 경우는 드물었다. 홀로둥이로 태어난 두 아이에 대한 동정심과 경계심 때문이었다.

동정심과 경계심. 고고와 노노를 향한 마을 사람들의 감정은 그것이 거의 전부였지만 조금도 부족하지 않을 만큼 그 하나하나는 커다랬다. 마을인들은 홀로둥이의 모습에서 쉽게 몰락을 찾곤 했다. 그들은 환생을 믿었기에 홀로둥이가 홀로 살다 죽으면 다음 생에 또 다른 홀로둥이로 태어난다고 믿었다. 그러니까 홀로둥이들은, 시대마다 반복되어 온 단 몇 명 또는 한 명이라 할 수 있었고, 대를 이어 자신을 복제하는 존재들이었다.

마을은 눈과 얼음으로 뒤덮인 땅이었으므로 하루 내내 썰매를 타고 있는 노노는 대부분의 경우, 대부분의 걷는 사람보다 빠를 수 있었다. 마을 사람들이 이를 불쾌하게 여기리라는 것은 노노도, 고고도, 마을 사람들 자신들조차도 예상치 못했던 사실이었다. 썰매에 관한 질투를 차치하고서도 마을 사람들은 전반적으로 아주 날카로워진 상태였다. 저물녘이면 모닥불에 둘러앉아 차를 나누어 마시며 서로의 마음을 살피고 자신의 행동을 반성하고 하루를 성찰하던 여유 자체가 언젠가부터 마을에서 사라져 가고 있던 터였다.

마을이 점점 녹고 있었기 때문이었다. 살을 에는 추위가 덜해졌다고 기뻐할 일이 전혀 아니라는 사실을 마을인들은 금세 알아차렸다. 땅이 녹아 습지처럼 질퍽해졌고 잘 자라던 견과 나무들이 시들시들해졌다. 그 탓에 채집을 위해서 마을인들은 종종 습지와의 경계 부근까지 남향했다가 처음 보는 동물과 곤충들의 습격을 받은 채 땀에 절어 돌아오곤 했다. 더욱 심각한 것은 새들이 점차 마을에 알을 낳지 않는다는 사실이었다. 사람들은 굶주렸고 굶주림은 점점 심해졌다.

마을 사람들이 비밀리에 새를 잡아먹기 시작한 것은 그때부터였다. 고고와 노노가 성년식을 마치고 막 살림을 차렸을 무렵이었다. 고고와 노노는 마지막까지 새를 먹지 않으려 했다. 특히 노노가 강경했다. 노노가 새를 먹지 않는 것은 신화 속 '검은 새'로부터 시작된 여러 전설에 근거해 새를 신성시하는 사람들과는 다른 이유 때문이었다. 노노는 아주 어릴 때부터 새를 자신과 비슷한 존재로 느껴왔던 것이었다. 근육이 붙지 않아 가느다란 다리에 반해 몸뚱이 전체를 하늘로 들어 올릴 수 있을 만큼 강인한 팔과 어깨를 가진 그 존재를 노노는 진심으로 동경했던 것 같다. 그러나 오랜 굶주림은 노노를 몹시 힘들게 만들었고 결국 노노는 역겨움과 극심한 허기에 구역질하며 새의 살을 씹어 삼킬 수밖에 없었다. 노노가 새가 되기 시작한 것은 바로 그 무렵이었다.

6
두 발과 네 발

"노노가 새가 되기 시작한 것은 바로 그 무렵이었어."

고고가 마지막 말을 마치자 금이 참았던 숨을 내쉬었다.

"그런 일이 있었구나."

"그런 일이 있었지. 이 기억은 아직 흘려보내지 않았다는 게 얼마나 다행인지." 고고가 기억을 붙들어 보겠다는 듯 한껏 이마를 찌푸렸다.

"그건 그렇고, 나도 타보고 싶다." 금이 중얼거렸다. "썰매?" 고고가 물었다. 금이 끄덕거렸다. "어쩌면 망울의 남쪽 끝에도 얼음으로 된 땅이 있을지 몰라. 바다가 얼어 만들어진 빙판에 눈이 내려 마을의 풍경과 아주 비슷할지도 모르지." 고고가 설명하자 금은 어깨를 으쓱했다. 얼어붙은 땅에는 땅굴을 팔 수 없으니 그런 땅이 있다 한들 자신에게는 큰 소용이 없다는 것이었다.

"글쎄, 우리는 땅굴을 파며 살잖아. 먼 옛날 지도리의 사람들은 모두 네 발로 걸었어. 그게 우리에게 아주 당연했던 이유는, 아주 편리했기 때문이었어. 두 손으로는 머리 앞의 땅을 파고 두 발로는 뒤의 땅을 밀치며 앞으로 나갔어. 두 발로 일어설 이유가 있으면 잠시 일어났고 더러 몇 발짝 걷기도 했지. 땅을 파는 기술은 점점 더 발달했어. 우리는 점점 더 높고 큰 굴을, 길고 넓은 통로를 만들게 되었고, 그렇게 만든 굴들을 합쳐 더 큰 굴로 만드는 일에도 열중하게 되었지. 왜 그런 열풍이 시작되었는지는 몰라. 여러 갈래로 나뉘어 있던 길들을 하나로 합치다 보면 우리도 서로 더 다정하고, 더 공고한 사이가 될 거라고 믿었던 모양이지. 세대를 거치며 굴과 길은 넓어져 이제는 우리의 몸보다 몇 배는 커다래졌어. 그러자 두 발로 일어서 걷는 자들이 생겨났지."

"그들은 갑자기 두 발로 일어서 걸었어?"

"서서히 그렇게 했어. 적응할 시간이 필요했겠지. 대부분의 사람들은 코웃음 치며 넘겼어. 괜히 어려운 일에, 우스꽝스러운 재주 부리기에 시간을 쏟는다고 말이야. 하지만 그 어렵고 우스꽝스러운 일은 곧 유행이 되어

번져나갔어. 왜냐하면 두 발로 일어설 수 있는 사람들
은, 그 상태로 걷거나 뛸 수 있는 사람들은 지도리 사람
들 가운데 특별히 튼튼하고 건강한 사람들이었으니까.
사람들은 누구나 그렇게 보이고 싶어 하잖아. 뿔을 가진
곤충이 뿔을 가지고 겨루듯 지도리 사람들은 두 발로 일
어서는 것으로 자신의 허리와 다리가 얼마나 튼튼한지
뽐내고 싶었던 거야. 물론 그저 뽐내기 수준에 머물렀던
건 아니야. 그랬더라면 전쟁으로 이어지지 않았겠지."

"일이 어떤 방향으로 심각해진 거야?"

"두 발로 잘 걸을 수 있는 자들이 실제로 권세를 얻기
시작했어. 그들은 튼튼하거나, 적어도 튼튼한 척할 수 있
을 정도로 적극적이었으니까. 그게 사람들에게 실제로
인정을 받기 시작한 거야. 그러자 너도나도 두 발로 서려
는 노력을 더 많이 하게 됐어. 한편 이미 두 발로 걸어 다
니며 기득권을 장악하는 데 맛을 들인 자들은 끔찍한 발
상을 하나 하게 돼."

"그게 뭔데?"

"네 발로 걷는 자들을 타고 다니는 거야. 하나의 이동
수단으로."

고고는 자신이 처음 마주했던 군대의 모습을 떠올렸
고 곧 소름이 돋았다. 앞줄에는 네 발로 선 군인이, 뒷줄

에는 두 발로 선 군인이 나열해 있었으며 그 뒤로 네 발 군인 위에 올라탄 두 발 군인이 바삐 명령을 내리고 있었다. 고고가 이 이야기를 하자 금은 씁쓸하게 웃으며 고개를 저었다.

"맞긴 한데, 하나 놓친 게 있어. 맨 선두에는 아마 두 발로 선 군인들이 창과 방패를 들고 벽을 이루고 있었을 거야. 그들은 정식으로 임명된 '두 발 군인'이 아니야. 두 발 군인이 되려고 훈련을 받는 중인 네 발 군인들이지. 그들은 제대로 싸울 수도, 도망칠 수도 없어. 아슬아슬하게 서 있는 게 고작이라고."

금은 어느새 이를 악물고 씹어 뱉듯 말하고 있었다. 고고는 자기도 함께 턱이 뻐근해질 때까지 이를 악물었다. 싸움이 시작되면 가장 먼저, 가장 힘없이 죽어 쓰러질 그들의 모습이 눈앞에 보이는 듯했기 때문이었다.

"두 발로 걷는 자들은, 네 발로 걷는 자가 두 발로 걸을 능력을 키우기 위해서는 이미 두 발로 걷는 자를 등에 태우는 훈련을 해야 한다고 떠들기 시작했어. 그 과정을 통해 근육을 발달시키고, 이미 두 발로 걷는 이들이 수행하는 특별한 임무들을 넘겨다볼 수 있다고 말이야. 스스로 두 발로 걷는 데 실패했던 이들, 꼭 두 발로 걷고 싶다는 꿈을 가진 이들이 전부 권력자의 이동 수단으로 자원했어. 그들 가운데 몇몇은 실제로 신분 상승의 꿈을 이뤘어. 그렇게 꿈을 이루는 자들이 점차 늘다 보니, 네 발로 걷는 자들 가운데 영원히 네 발로 걷는 삶에 만족할 수 있는 사람은 점점 적어졌어. 특히 젊은 지도리인들의 경우 반드시 두 발로 걸어야만 한다는 생각을 가지게 됐지."

"너를 처음 만났을 때, 너는 두 발로 서 있었어. 그러다 네 발로 기어서 내 구멍으로 들어왔지."

"그랬어?"

금은 희미하게 웃어 보였다.

"나는 처지가 좀 달랐어. 아주 어릴 때부터 두 발로 걷는 법을 먼저 익혔고, 네 발로 걷는 법은 나중에 나 혼자서 익혔지. 꽤 그럴싸한 집안에서 태어났거든."

"네 발로 걷는 법은 왜 혼자서 공부한 거야?"

고고의 질문에 금은 천천히 자신의 두 손을 내려다보았다.

"그건 밤이 때문이었어."

"밤이?"

"밤이는 나를 태우고 다닌 사람이었어. 나와 동갑이었고, 쌍둥이처럼 자랐지."

고고가 아무리 기다려도 금은 밤에 대해 더 이야기하

지 않았다. 밤뿐 아니라 그 무엇에 대해서도 더 이야기하지 않고 그대로 침묵을 지키다 그대로 잠이 들었다. 고고는 머릿속을 제멋대로 뛰어다니는 상상들을 붙들려 노력해 보았지만 잘되지 않았다. 상상 속에서 밤이란 아이는 죽거나 다치거나 금의 부모님에 의해 다른 먼 마을로 팔려 갔다. 그런 상상을 하다 보니 고고의 눈에도 눈물이 맺혔다. 눈물이 흐르지 않도록 삼키며 모로 누워 있자니 곧 금이 잠에서 깨며 고고를 불렀다.

"무슨 일이야, 고고?"

"어?"

"혹시 우는 거야? 네가 그러니까 이리로 물이 자꾸 새잖아."

고고는 머쓱한 미소를 지으며 고개를 저었다.

"밤이가 불쌍해서."

"밤이가 왜?"

"밤이 때문이라며, 네가 팔 힘을 기르게 된 게? 밤이에게 무슨 일이 생긴 것 아니야?"

코맹맹이 소리로 웅얼거리는 고고의 말을 듣던 금이 푸하하 웃음을 터뜨렸다.

"멋대로 상상하기는. 걱정하지 마, 그런 거 아니니까. 적어도 내가 성에서 도망쳐 나오기 전까지 밤이는 아주

133
제2장

건강하게 잘 있었다고."

"그럼 왜 밤이 때문에 네 발로 걷는 연습을 하게 된
거야?"

"그건 사실 아주 웃긴 이야기야."

"웃긴 이야기?"

"물론 그 당시에는 조금도 웃기지 않았지만."

금이 들려준 이야기는 금도 밤이 열 살 남짓이던 시절
의 일화였다. 여느 날처럼 밤은 금을 등에 태운 채 학교
로 가고 있었고, 둘은 이야기를 주고받다 작은 일로 투
닥투닥 싸우게 되었다고 했다.

"분명 별일 아니었는데, 싸우다 보니 감정이 격해진
거야. 그래서 밤이가 벌떡 일어나 말했지. 여기서부터는
네가 나를 태우고 가라고. 나도 자존심이 상해서 그까짓
것 뭐가 힘드냐며 그러겠다고 했지. 그리고 밤이가 내 등
위에 올라탔고, 나는 단 한 발짝도 움직이지 못했어."

고고가 웃어야 할지 어째야 할지 몰라 가만있는 동안
금이 먼저 피식 웃음을 터뜨렸다.

"근데 내가 밤이 그 애를 태우고 단 한 걸음도 떼지 못
했다는 사실보다 더 생생하게 충격으로 남아 있는 게 뭔
지 알아? 바로 밤이의 표정이야. 내 위에 엉거주춤 앉아
있다 슬그머니 내려와 다시 허리를 굽히던 밤이의 표정.

당신과 우리 사이의
우주를 관측하는 SF

허브

천 개의 파랑

2022년 젊은 작가 1위
10만 독자가 함께한 "우리 SF의 가장 따뜻한 파랑"

천선란 지음 | 376쪽 | 14,000원

우리가 빛의 속도로 갈 수 없다면

김초엽 월드의 시작점

30만 독자가 사랑한 "우리의 첫 번째 SF"

김초엽 지음 | 344쪽 | 14,000원

흐드러지는 봉황의 색채

한국계 작가 이윤하의 일제강점기 모티프 SF

조예은, 김멜라 강력 추천
세계가 주목한 우리 역사의 이채로운 환상화

이윤하 지음 | 조호근 옮김 | 384쪽 | 16,000원

그건 나를 향한 비웃음도 아니었고 분노도 아니었어. 억울함도 아니었지. 그건 자기를 향한 당당함이었어. 자신감이었어. 그런 것들로 환하게 빛나는 얼굴을 하고서 그 자식은 허리를 굽혀 나를 태울 준비를 하고 있었던 거야."

7
기쁨만큼 커다란

그 뒤로는 고고도 예상 가능한 이야기였다. 어린이들은 싸우며 자라 싸우는 어른이 됐다. 밤은 밤의 부모 세대처럼 우직하지 않았고 금은 금의 부모 세대처럼 기만적이지 못했기에 싸움은 양편으로 나뉘어 진행되지만은 않았다.

확실한 동료도 없었고 확실한 적도 없었다. 누구는 전쟁이라고 누구는 반동이라고 누구는 혁명이라고 부르는 싸움을 거치는 동안 금의 눈에 변하는 것은 아무것도 없어 보였다. 그러나 실은 그렇지 않은 모양이었다. 더러 기쁨에 찬 만세 소리가 들리기도 했고 수많은 이들의 울음소리가 거리를 가득 메우기도 했다. 금이 그들 모두를 등지기로 결심한 건 피로 때문이었고 고고는 그 피로를 이해할 수 있었다.

 문제는 고고가 금의 피로뿐 아니라 금이 느끼고 생각하는 거의 모든 것들을 있는 그대로 받아들일 수 있었다는 것이었다. "받아들일 수 있다는 표현보다는 받아들이지 않을 수 없다는 표현이 더 알맞을지도 몰라." 고고는 천천히 이야기했다. "마치 우리 마음이 하나로 연결된 것처럼 네가 원하는 것을 나도 원하게 되니까. 네가 좋아하는 것을 나도 좋아하게 되고, 네가 싫어하는 것을 나도 싫어하게 돼. 게다가 정도가 심해지기까지 해. 네가 좋아하는 것을 나는 더욱 열렬히 좋아하고, 네가 싫어하는 것을 나는 더욱 열렬히 싫어하게 된다고." 고고의 말에 금의 얼굴이 굳어졌다. 고고가 물이 고인 소금밭 가장자리에 무릎을 꿇고 그 아래를 내려다보는 자세를 취하면 고고는 자기 가슴 안에 든 금의 얼굴을 볼 수 있었고, 금은 자기를 품은 고고의 얼굴을 볼 수 있었다. 물의 표면에 비친 서로를 보며 대화를 이어나가는 것이었다. "그게 문제라도 돼?" 한참 만에 금이 물었다. "마음이 좀 통하는 게 어때서? 나도 네가 좋아하는 것들을 좋아하고, 네가 싫어하는 것들을 싫어하게 됐지만 그걸 불편하게 생각해 본 적은 단 한 번도 없어."

 "나는 너보다 훨씬 크고 강하잖아."

"그래서?"

"네가 파괴하고 싶은 광장, 도시, 나라쯤 별로 힘들이지 않고 실제로 파괴할 수 있을 정도로 강하잖아, 난."

"…"

"나는 너를 좋아하면서부터 내가 너무 무서워졌어."

고고의 말에 금은 아무 대답도 하지 못하고 수면 위에 일렁이는 고고의 그림자만 가만히 응시하였다. 금은 점차 고고가 가여워졌고, 그러자 고고도 스스로를 더욱 그렇게 여기게 됐다.

고고에게 가장 힘든 시간은 금이 얕은 잠을 자며 꿈을 꾸는 시간이었다. 주로 한밤중인 경우가 많았다. 금의 이성과 양심과 지혜가 단단히 묶어두었던 욕심과 사념들이 제멋대로 활개를 치는 시간이었다. 고고는 불쑥불쑥 팔과 다리를 움직이고 싶은 충동들을 제어하느라 잠들지 못했다. 예컨대, 고고는 한 번도 가본 적 없는 어떤 장소로 가서 거기 모여 있는 모두를 손바닥 하나로 짓눌러 죽이거나 입으로 불어 날려버리고 싶다는 욕망에 몸서리쳤다. 작은 인간들이 평생에 걸쳐, 몇 세대에 걸쳐 지어 올린 유산을 단숨에 무너뜨리고 집어던져 없던 일로 만들고 싶다는 충동에 사로잡혔다. 고고는 자신이 정말로 그럴 수 있음에 몸을 떨었다. 잠깐이면 됐다. 고고가 단 몇 분 동안만이라도 정신을 놓는다면 실제로 많은 이들의 운명이 완전히 바뀌어 버릴 수 있었다. 고고는 결코 그것을 원하지 않았다.

고고는 다시 제대로 생활하지 못했다. 시름시름 앓으며 하루 중 대부분의 시간을 누워 보냈다. 제대로 먹거나 마시지 않으면 자기 자신을 통제할 수 없다는 생각에 강박적으로 더욱 많이 먹고 마시다 보니 몸이 비대해졌고 고고는 더욱 크고 무거워진 자신의 신체에 공포를 느꼈다. 늘 깨어 있어야 한다는 것은 재앙이었다. 고고는 누군가 자신을 꽉 묶어주기를 소망했다. 누군가 그래주기만 한다면 고고는 안심하고 잠들 수 있을 터였다. 고고를 불안하게 하는 것은 이뿐만이 아니었다. 자신의 기억이 계속 사라지고 있다는 것을, 구멍으로 흘러 나가고 있다는 것을 한번 인식하고 나니 신경이 쓰여 견딜 수 없었다. "어쩌면 나는 네가 되어가고 있는 거야." 고고가 머리를 쥐어뜯으며 말했다. "몸집만 커다란 네가, 너뿐인 내가 되어가고 있는 거야." 지켜보는 금에게도 이는 지옥과 다름없었다. 마음 깊이 사랑하는 자가 바로 자기 자신 때문에 망가지고 있다는 사실을 도저히 받아들일 수 없었으므로 금은 고고를 떠나자고 결심했다. 그에 관해 고고는 기쁨만큼 커다란 슬픔을 느꼈다.

8
슬픔만큼 커다란

수술이 비밀스럽게 진행되기 위해서는 특별한 종류의 신뢰가 필요했다. 금은 고고가 섬세하게 움직일 수 있도록 주의를 기울였고 고고는 금의 말을 열심히 따랐다. 결과적으로 고고는 금이 지시한 곳의 땅을 조금 파낸 뒤 그곳에서 잠을 자고 있는 젊은 의사 한 명의 몸을, 작은 당근처럼 뽑아 올릴 수 있었다.

"진정해! 나야. 금이라고."

아닌 밤중에 거인에게 잡힌 처지에 놓인 의사가 크게 소리쳐 도움을 구하려는 순간 금이 구멍 너머로 말을 건넸다. 의사가 더욱 혼란스러운 얼굴이 되어 두리번거릴 뿐 금이 있는 곳을 찾지 못하자 금은 이제 그의 이름을 불렀다.

"밤아, 나 금이라고!"

그제야 밤이라는 이름의 이 의사는 고고의 구멍 안에 들어가 있는 금을 발견할 수 있었다. 잠시 동안, 혹은 꽤 오랜 시간 동안 밤은 자신 앞에 놓인 이 괴물적인 장면을 받아들일 수 없었다. 거인이 있다. 거인의 가슴에 구멍이 뚫려 있다. 그 안에 자신의 오랜 친구가 갇혀 있다… 한참 만에 밤은 천천히 미간을 찌푸리며 금에게 다가와 한 손으로 조심스레 구멍 막을 만졌다. 설명은 오래 걸리지 않았다. 다만 이 상황이 꿈이 아니라고 설득하는 데에 오랜 시간이 걸렸을 따름이었다.

다음 날 지도리에서 제일가는 의사들이 고고의 주위에 반딧불처럼 내려앉았다. 밤의 동료들이었다. 그들이 제각기 든 푸른 등불에서는 향기로운 냄새가 풍겼고 쇠붙이는 날렵했으며 반짝반짝 빛났다. 그들에게 도움을 청하는 것은 고고와 금이 마음을 통해 직관적으로 주고받은 대화가 아닌, 발화와 청취를 통해 주고받은 대화로 도출해 낸 첫 번째 합의였다. 밤이 데려온 의사들은 고고를 마취하기 위해 주입해야 할 마취 액의 양을 정확히 계산했다. 도출된 값은 지도리의 모든 농부 중 절반이 오직 붉은 꿀벌만 기른다는 가정하에 266일이 꼬박 걸리는 양이었다.

"그렇게 해서 그나마 266일이야. 너도 알잖아. 이게 얼마나 말도 안 되는 일인지."

밤이 금에게 말했다. 밤의 말투는 오랜 친구를 향한 걱정과 뒤섞인 감출 수 없는 큰 불만으로 몹시 어두웠다. 고고는 차분히 금의 설명을 기다렸다. 곧 금이 얼굴을 붉히며 입을 열었다. "붉은 꿀은 특수한 경우에만 필요한 약용 물질이기 때문에 우리는 붉은 꿀벌을 우리가 주로 먹는 곤충들처럼 대량으로 기르지 않아. 그러니 원래대로라면 너를, 아니 우리를 마취할 만큼의 성분을 모으는 데 그보다 훨씬 오래 걸린다는 거지. 하지만 우리 집안이 지도리의 농업을 총괄하고 있으니까, 다른 작물을 재배하는 농부들을 강제로 데려다 붉은 꿀벌 기르는 일에 투입할 수 있다는 뜻이야."

그러니 266일이라는 말 안에는 그동안 절반 이하로 줄어들 백성들의 먹거리에 따른 고통이나 마취 액을 사용할 수 없는 다른 환자들의 고통이 꽉 채워진 것이었다. 고고는 차마 절망할 수도 없었다. 자기가 선택할 수 있는 방법이 오직 하나뿐이라는 사실을 깨달았다. 마취 없이 금을 꺼내는 것이었다. 마취 없이 가만히 누워, 다른 사람들이 자신의 가슴을 갈라 구멍의 막을 열어 금을 꺼내 가는 것을 견뎌내는 것이었다.

고고는 그렇게 했다. 극렬한 통증으로 눈앞에 핏빛 환상이 불꽃놀이처럼 터지는 듯했으나, 고고는 그 불꽃 하나하나를 주의 깊게 바라보며 혼절하지 않고 버텼다. 마침내 금이 구멍 밖으로, 고고의 몸 밖으로 빠져나오기 시작했다. 구멍에서 빠져나온 금은 크게 울고 있었고, 그의 검은 머리카락은 젖어 있었다. 그 모습을 바라보며 고고는 슬픔만큼 커다란 기쁨을 느꼈다.

9
세상의 무덤

한동안 금은 고고를 찾아오지 않았다. 고고가 만나러 가는 일도 허락하지 않았다. 고고의 구멍에서 빠져나올 때 어딘가 다쳤다거나 단순한 피로 때문이라거나 하는 말들이 전해졌지만 다른 지도리인들을 통해 듣는 말에는 미심쩍은 데가 있었다.

그들은 고고에 대한 호기심과 흥미를 숨기지 못했다. 그것이 고고로 하여금 그들과의 교류를 하나의 실험처럼 느끼게 했다. 금이 고고에게서 빠져나간 후 고고 가슴의 막이 저절로 녹아 없어지며 다시 커다란 구멍으로 남아버린 것, 그 구멍을 지도리의 발달한 의술로도 꿰맬 수 없었던 것이 그들의 궁금증을 자극한 것 같았다. 금을 대신해 말동무나 되어주겠다는 핑계로 그들은 자주 고고를 찾아왔다. 혼자 올 때도 있었고 서너 명이 무리를 지어 올 때도 있었다. 꽃이나 열매 따위를 들고 찾아와서는 구멍을 살펴본 뒤에 이런저런 질문을 하기도 하고 남반구에 관한 이야기를 들려주기도 했다.

차차 고고는 그들의 이야기를 듣는 시간이 좋아졌다. 이야기의 내용은 아무래도 상관없었다. 듣는다는 행위가 고고에게는 중요했다. 가슴의 구멍이 다시 텅 비어버린 뒤로 무엇을 봐도 잘 보이지 않고 무엇을 생각해도 잘 생각되지 않아, 그나마 예전처럼 의지할 수 있는 것은 청각뿐이었기 때문이었다. 마치 구멍으로 시력이랄지 사고력이랄지 하물며 후각이나 미각 같은 감각들마저 줄줄 새어 나가는 느낌이었다고 할까. 다만 기억은 더 이상 빠져나가지 않는 것 같았다. 적어도 빠져나가는 속도가 확연히 줄어들었고, 완전히 희미해져 버렸다고 여겨진 기억을 떠올리는 데 성공하기도 했다. 다행이었다. 어쩌면 기억이 흘러 나가던 통로는 구멍이 아니라, 구멍 속에 있던 금이었는지도 모르겠다고 고고는 남몰래 생각했다.

둥근 행성의 어딘가에서 북풍이 분다면, 어딘가에서는 반드시 남풍이 분다는 것이 지도리인들의 철학이었다. 그들은 자신의 철학을 증명하기 위한 도구로 과학을 공부한다고 했다. 그래서 그들은 공부를 아주 좋아했고, 지식을 쌓아나가는 과정을 진심으로 즐거워했다. 만족스럽고 즐거운 사람들이 흔히 그렇듯이 아주 친절했으며 작은 일에도 경의를 드러냈기에 고고는 그들과 대화하다 자주 웃었다.

"제가 요즘 가장 공들여 연구하고 있는 분야는 새들의 구멍입니다."

솜이라는 이름을 가진 자가 말했다.

"새들의 구멍이요?"

"남반구의 최남단, 망울의 남극에는 아주 오래된 커다란 구멍이 하나 있습니다. 뜨거운 나무가 만들어 낸 망울의 보물 중 하나이지요."

"잠깐만요, '뜨거운 나무'라고요?"

"뜨거운 나무를 아십니까?"

"네. 하지만 신화 속에나 존재하는 것이라고 생각했는데…"

고고의 말에 일동이 웃음을 터뜨렸다.

"고고, 뜨거운 나무는 물론 신화 속 하나의 상징이지만 과학적으로도 분명히 존재하는 하나의 물질입니다. 행성의 핵 깊은 곳에서 땅이 녹아 솟아오르는 용암을 우리는 그렇게 부르거든요."

"용암을요?"

"대부분의 용암이 망울 겉면을 이루는 땅속에서 만들어지는 데 반해 뜨거운 나무는 행성의 중심에서부터 솟아오릅니다. 그러니 엄밀히 말하자면 대부분의 용암과는 구분되는 것이지요. 녹아버린 망울의 일부라고 할까요? 게다가 이 물질은 화산에서 분출되는 게 아니라 편평한 땅에 뚫린 구멍에서 분출되곤 합니다. 그 구멍을 우리는 새들의 구멍, 짧게는 '새멍'이라고 부르고요."

"그렇군요. 전혀 몰랐습니다."

"오래전, 이 뜨거운 나무로부터 많은 것들이 생겨났습니다." 품이라는 이름을 가진 자가 이야기를 이어받았다. "분출은 주기가 긴 만큼 굉장히 강력해서 아주 멀리까지 분출물을 날려 보낸답니다. 행성의 남과 북의 경계에 늘어선 탄치산맥도 새들의 구멍에서 뿜어져 나온 용암과 재가 굳어 만들어진 것이니까요."

"그렇다면 북반구의 수많은 산과 화산들도…"

"글쎄요, 북반구의 지리에 관해서는 저희가 잘 알지 못하지만, 북반구에는 북반구의 구멍이 있으니 그곳의 지형은 그 구멍의 영향을 받아 생겨났을 확률이 더 높지 않을까요?"

"북반구에도 구멍이 있나요?

그에 따르면 행성의 남단과 북단에는 각각 커다란 두 종류의 구멍이 있었다. 남극에 있는 구멍은 하나의 커다란 땅 조각이 벌어지고 확장하고 분출되면서 생기는 발산형 구멍이었다. 이것이 뜨거운 나무와 관련이 있는 새들의 구멍이었다. 북극에 위치한 구멍은 이와 반대로 두 개의 땅 조각이 모이면서 생기는 수렴형 구멍이었다. 하나의 땅 조각이 다른 하나의 아래로 파고들며 생기는 구멍이었던 것이었다. 이것을 남반구인들은 세상의 무덤, 짧게는 세덤이라고 불렀다.

　"새명과 세덤이라… 그런데 왜 하필 무덤이죠?" 고고가 물었다. "너무 가혹한 이름 아닌가요?"

　"확실히, 저희는 그 구멍에 관해서는 잘 모릅니다만…" 겸연쩍은 얼굴로 고개를 숙인 품을 대신해 당이란 자가 대답했다. "망울의 핵이 뜨거운 나무를 탄생시킬 만큼 매우 뜨겁다고 가정할 때, 그 속으로 내리막길을 만들며 파고들어 가는 땅과 그 위의 존재들이 결국 어떻게 될지는 불 보듯 뻔한 것 아니겠습니까?"

　고고의 눈을 번쩍 뜨이게 만든 것은 바로 이 '내리막길'이라는 단어였다. "신성한 얼음의 내리막…" 고고가 중얼거렸다. "네?" 당이 다시 물었다. "어쩌면 저, 세덤에 가본 적이 있는 것 같아요."

10

노노(3)

하지 의식은 하지의 하루 전부터 시작했다. 선택받은 몇몇 협곡인이 협곡에서 마을까지 걸어서 왔다. 협곡인들도 마을인들도 '걸어 내려온다'라는 표현을 썼다. 협곡인들의 보폭 기준으로 협곡에서 마을까지 몇 걸음인지, 몇 시간이 소요되는지는 알 수 없었으나 마을에 도착한 협곡인들이 땀을 흘리고 있는 경우는 한 번도 없었다. 다른 이유도 있었겠지만 기본적으로 추위 때문이었으리라. 마을인들이 보통보다 대여섯 배는 크게 만든 외출 담요를 건네면 협곡인들은 그것을 둘러 입었고 그 모습은 서너 개의 우뚝 솟은 붉은 바위 봉우리처럼 보였다.

협곡인들은 주로 둘씩 왔고 셋이나 넷씩 오는 경우도 가끔 있었지만 홀로 오는 경우는 드물었다. 마을의 몇몇 사람들은 협곡인들이 내려오는 수에 따라 한 해의 운세를 점쳤다. 협곡인이 한 명만 내려오는 것은 커다란 불운 또는 재난을 의미했으므로, 혹시 모를 재난의 기운을 없애고자 몇몇 마을인들은 마을에서 만든 기구인 '높은 발' 위에 올라타 협곡인 흉내를 내기도 했다. 기다란 막대기 두 개에 발판을 단 이 기구를 타고자 하는 마을인들은 많았고 시간이 지날수록 점점 더 많아졌다. 마을 사람들이 생각하는 재난이란 대체로 마을이 녹아 없어지는 것을 의미했고, 이 불안감은 협곡인을 향한 동경에 불을 지피는 땔감이 되었기 때문이었다. 곧 마을인에게 높은 발은 썰매와 다름없이 보편적인 소지품이 됐고 협곡인들의 행렬이 있을 때면 마을인 모두가 그 위에 올라 그 뒤를 따르며 큰 소리로 노래를 부르는 것도 의례 중하나로 자리잡았다. 그러나 협곡인들은 그들을 따르는 행렬에는 눈길도 주지 않고 굳은 얼굴로 덤덤히 자기 할 일만을 하고 돌아갔다. 제각기 바구니에 담아 온 '신성한 흙'을 신성한 내리막에 흘려보내는 것이었다. 이 바구니는 매우 크고 깊어 아주 많은 양의 물질이 담겨 있었으므로 그 양 자체만으로도 마을인들을 어느 정도는 안심시켜 주었다. 마을인들은 신성한 내리막에서 발원한 구멍이 점차 커져 결국 마을 전체를 잡아먹지 않을지 두려

고고의 구멍

워하고 있었으므로.

해마다 이 하지 의식에 협곡인들이 들이붓는 흙의 양
은 계속 늘어가는데도 구멍이 자라는 속도는 더욱 빨라
졌다. 이것이 마을이 녹는 속도에도 영향을 미치는 것 같
았기 때문에 마을인들은 더욱더 불안해졌다.

그러나 의례가 치러지는 하지 당일만큼은 불안으로부
터 자유로울 수 있었다. 하지 밤의 축제가 큰 규모로 열
리는 것도 아마 평상시의 불안으로부터 잠시나마 해방되
었다는 기쁨이 무척 컸기 때문이었을 것이다. 고고가 기
억하기로 노노와 함께 치른 하지 의식은 열 번 가까이 되
었다. 치른다고 거창하게 말하니 여러모로 귀찮은 행사
처럼 보이지만 실상은 그저 바깥에서 춤추고 음식을 먹
고 음료를 마시는 축제였다. 노노는 어릴 때부터 씹어서
먹는 음식보다도 음료를 훨씬 좋아했기에 온갖 맛이 나
는 음료가 한데 모이는 이 축제를 몹시 기다렸다. 시큼하
고 푸른빛이 나는 열매를 짓이겨 섞은 소다수라든가 깜
짝 놀라 혀를 내밀 만큼 단맛이 강해 작은 잔에 담겨 나
오는 보랏빛 음료, 누리끼리하고 꽃향기가 나지만 적지
않은 사람들에게 복통을 일으키는 곡물 음료는 마을에서
높은 발을 가지고 있지 않은 사람은 노노뿐이라는 소외
감마저 잊게 해주는 듯했다. 고고가 음료들을 아름다운

잔에 담아 몇 쟁반씩이나 가져다주면 노노는 늘 처음 받은 것처럼 환호성을 지르며 그것들을 모두 마셨다. 밥 대신 물을 먹는다고, 물만 먹고 자란다고 잔소리하는 어른들도 없었다. 문제가 되는 건 오줌뿐이었다. 노노가 혼자서 볼일을 보러 갈 수 없었기 때문에 특히 그랬다. 노노와 고고는 비밀스러운 신호를 만들었다.

"새가 또 알을 낳으려나 봐." 노노가 킥킥거리며 이렇게 말하면 고고는 웃음을 꾹 참은 채 "그래? 어디?"라고 묻고는 노노의 의자 썰매를 밀며 오줌을 눌 만한 곳으로 갔다. 거기서 노노가 원하는 곳에 원하는 자세로 노노를 앉힌 뒤, 오줌을 누는 노노와 마주 보고 앉아 함께 오줌을 누었다. 요란한 폭죽 소리와 함께 백야의 하늘 위에 불꽃이 만발했다. 둘은 마주 앉은 그대로 고개를 들어 하늘을 봤다. 눈부신 것들이 하늘 위에서 쏟아져 내렸다. 참았던 오줌을 눌 때의 몽롱함이 불꽃놀이와 어우러져 환상적인 기분을 자아내는 그 순간에 고고는 푹 빠져들었고 그러고 나면 노노보다 더 많은 양의 음료를 마셨다. 그리고 틈만 나면 노노를 데리고 알을 낳으러 갔다. 깔깔 웃으며 알을 낳는, 무아지경의 황홀에 빠진 이 두 아이를 주시하는 어른은 고맙게도 없었다.

11

마을이 녹으면

"어쩌면 그 의식이 문제였을 겁니다."

오랜만에 고고를 찾아온 밤이 말했다.

"그 의식이요?"

고고가 어안이 벙벙해져 되물었다.

"하지 의식 말이에요."

"알아요. 하지 의식을 말한 거란 건 아는데…"

"아는데?"

"그게 문제라니? 그저 오줌을 좀 눴을 뿐인데."

"아," 밤은 미간을 찌푸렸다. "고고 당신과 노노 말고
요. 협곡인들이 세덤에 뭔가 들이부었다는 그 행위 말이
에요."

밤의 말에 고고는 얼굴을 붉혔다. 그러나 감출 길 없

153

제2장

는 부끄러움의 한편에서 어렴풋이 밀려드는 깨달음이 있었다. 비비낙안의 얼굴을 떠올리게 하는 깨달음이었다.

"어쩌면 쓰레기였겠군요."

"쓰레기요?"

"제가 협곡에 있을 때, 크레이터를 다루는 이와 함께 시간을 보내곤 했어요. 그의 이름은 비비낙안이었고, 비비낙안은 저에게 크레이터를 없애는 여러 가지 방법에 관해 설명해 주었어요. 메우기나 붙이기나 채우기나 가리기 같은 방법들이었죠. 그러면서 예전에는 크레이터에 쓰레기를 부어 채우려 했었다는 이야기를 들려주었는데 쓰레기들은 크레이터 깊은 곳에서 올라오는 지열에 의해 하루도 못 가 모두 녹아버리고 말았댔어요."

"그 뒤로는 쓰레기를 어떻게 처리한다고 하던가요?"

"그 뒤로는,"

"..."

"말해주지 않았어요."

밤은 고개를 돌려 시선을 피했다. 고고는 배신감에 사로잡혀 얼굴을 붉혔다. 숨이 막힐 정도의 배신감이었다. "어쩌면 쓰레기는 단순히 지열에 의해 녹은 게 아닐 겁니다." 밤이 말을 이었다. "어쩌면 쓰레기 자체가, 그러니까 쓰레기를 그 구멍에 넣는 행위 자체가 불의 기운을 자극했을 수도 있어요. 스스로 타던 불에 땔감을 제공한 셈이니까." 고고가 그 생각까지는 미처 하지 못했다는 얼굴로 밤을 보며 대답했다. "그래서 마을이 점점 더 빨리 녹아갔던 것이겠군요." 밤은 고개를 끄덕였다. 끄덕이고 싶지 않지만, 차마 끄덕이고 싶지 않지만 그것이 사실이기 때문에 어쩔 수 없이 끄덕이는 모양이었다. 한동안 무거운 시간이 흐른 뒤 밤은 마지막으로 고고에게 이렇게 말했다. "어쩌면 그 뒤로 쓰레기를 어떻게 처리했는지, 처리하고 있는지에 관해서는 비비낙안이라는 그자도 몰랐을 거예요. 그러니까 평범한 협곡인들은 대부분 모르고 있었을 거라고 생각합니다. 마을인들과 마찬가지로요. 오직 그 하지 의례와 관련이 있는 몇몇 협곡인들만 알고 있었겠지요." 고고는 그 말을 듣고서야 참았던 숨을 내뱉었다.

밤은 고고를 위해 지도리인들과 세상의 무덤 혹은 신성한 내리막에 관하여 연구하는 자리를 마련했다. 도출되는 결론은 절망적이기만 했다. 소금밭처럼 각기 알록달록한 지도리인들의 눈동자와 고고의 암갈색 눈동자가 한 번 반짝일 때마다 끔찍한 예상이 실존의 증거를 얻었고 도래의 시기도 구체화되었다. 연구에 따르면 마을의 운명은 처참했다. 얼마 지나지 않아 차디찬 얼음물 속으로 가라앉아 수장될 터였다.

"마을이 녹으면 마을에 있는 사람들은 전부 죽겠군요." 고고가 중얼거리듯 물었다. "습지에 있는 동물들도 마찬가지일 겁니다." 곤이란 이름을 가진 자가 말했다. "남는 것은 협곡뿐이고요." 고고는 두려움에 치를 떨었다. "마을로 돌아가서 사람들에게 이 사실을 알려야 해요." 고고가 말하자 모두 고개를 끄덕였다. "하지만 어떻게…" 고고는 고개를 푹 숙였다. "잠시 바람을 쐬고 와도 될까요?" 고고의 말에 모두 침울한 얼굴로 고개를 끄덕였다. 고고는 조용히 자리에서 일어나 문을 열고 바깥으로 나갔다. 무릎 아래서 누군가 살그머니 고고의 팔꿈치를 붙잡는 것이 느껴졌다. 고고는 고개를 숙여 아래를 보았다. 그러자 창백하고 해쓱해진 금의 얼굴이, 고고를 올려다보며 웃어 보이는 금의 얼굴이 보였다.

고고의 구멍

12
구멍을 메울 방법

　금이 돌아왔지만 둘은 함께 많은 시간을 보내지 못했
다. 금과 함께 있을 때면 고고가 가슴의 구멍에 통증을
느꼈기 때문이었다. 그뿐만 아니라 금도 예의 그 알 수
없는 피로에서 헤어 나오기 어려운 상황이었다. 둘은 가
끔 소금밭 주변을 산책하며 짧은 대화를 나누거나 안부
를 주고받았지만 함께 식사를 하거나 잠을 잘 수는 없
었다.

　시간이 흐를수록 고고는 힘을 잃었다. 말수가 적어지
고 조금만 움직여도 피곤해 금세 누워야 했다. 어쩌면 구
멍으로 빠져나가고 있는 것이 이번에는 생명 그 자체인
지도 모르겠다고 고고는 생각했다. 어쩌면 처음부터 구
멍으로는 생명이 빠져나오고 있었으며 그러한 생명의

사라짐이 먹고 마시는 것, 기억하는 것, 감각하는 것의 희미해짐으로 표상되었던 것이라고 말이다. 물론 단순히 지도리에서 굶주리고 목마르게 지내는 시간이 길어지고 있기 때문일 수도 있었다. 지도리의 음식과 물은 고고에게 너무 적었으니까. 협곡의 거대한 음식과 물로 겨우 채울 수 있던 구멍 뚫린 항아리를 채우려다 보면 안 그래도 전쟁으로 먹을 게 모자란 지도리인들의 식량은 바닥이 날 터였다. 이 상황을 아는 고고로서는 식사에 더욱 조심스러울 수밖에 없었다. 어쨌든 고고가 북반구로 돌아가야만 하는 이유는 하나 더 늘어난 셈이었다.

금은 생각이 조금 달랐다. 금은 자신이 고고의 구멍을 메울 방법을 알고 있다고 거의 확신했다. 노노의 이야기였다. 고고가 노노의 이야기를 꺼낼 때면 금은 자신의 가슴에서 분노에 가까운 질투가 타오르는 것을 느꼈지만, 그럼에도 불구하고 고고의 가슴에서 빠져나와 구멍을 만든 것이 노노일 것이라고 결론지었고 또 이를 단호히 인정했다. 그래서 노노를 찾아, 새가 되어버린 노노를 찾아 다시 만나게 해주면 고고의 구멍이 메워지고, 고고는 계속 건강하게 살아갈 수 있게 되리라고 생각한 것이었다.

금이 노노에 관한 생각을 한 데에는 먼 바다, 남극에

가까운 먼 바다 어딘가에 말하는 새들이 사는 섬들이 있다는 이야기를 들은 경험도 작용했다. "밤이가 들려준 얘기야." 금이 말했다. 고고는 금이 밤의 이야기를 할 때면 가슴에서 슬픔과 비슷한 질투가 피어올랐지만 밤 또한 고고의 소중한 친구였으므로 그런 내색을 하지 않고 들었다. "밤이의 할아버지가 우리 할아버지의 심부름을 하러 빨간색 소금밭에 나갔을 때의 얘기야. 빨간색 소금밭은 우리가 발로 갈 수 있는 땅의 가장 먼 곳에 있지. 너도 알다시피, 밀물이 가장 먼저 찾아오고 썰물이 가장 마지막에 빠져나가는 곳이야. 일이 늦어진 밤이의 할아버지가 밀물을 맞아 물에 잠겼대. '이제 죽는구나' 싶어 저항 없이 누워 있자니 얼마간 흘러가 어떤 섬에 닿았나 봐."

"섬에?"

"응. 그런데 어떤 섬인지는 지금도 정확히 몰라. 거긴 섬이 아주 많았대. 이곳 땅에 군데군데 구멍이 뚫려 있듯이 그곳 바다 군데군데 구멍이 뚫린 것처럼 섬이 있었던 거야. 그중 하나에 지쳐 쓰러져 있는데 누군가 다가왔대."

"누군가?"

"응. 그런데 자세히 보니 새더래. '새구나' 하고 누워 있으니 그 새가 부리를 벌려서 말을 했대."

"뭐라고?"

"아이고, 어르신 괜찮으세요?"

고고와 금은 잠시 웃었다.

"새 중 몇몇이 커다란 둥지처럼 생긴, 나뭇가지로 엮은 배를 주고서는 썰물에 맞추어 할아버지를 다시 띄워 보냈다나 봐. 사람은 여기 살 수 없다면서. 그러면 안 된다면서."

"그래서 다시 돌아오신 거야?"

"응. 그리고 얼마 못 가 돌아가셨어."

"그 일 때문에?"

"다시 그 섬에 가고 싶다고, 그 새들을 만나고 싶다고 배를 타고 나가셨다가. 다들 말렸어. 다시 바다로 나간다면 돌아가실 게 뻔했으니까. 애초에 한 번 살아서 돌아오신 게 기적이었어. 지도리를 둘러싼 바다는 물살이 변화무쌍하고 거세서 밀물이나 썰물에 쓸리면 그대로 죽는다고 봐도 과장이 아니거든. 기적은 두 번 찾아오지 않잖아. 이번에는 그 새를 못 만나셨던 거지. 물론 애초에 그 섬이니 새니 하는 것들부터가 할아버지가 보신 헛것이었을 수도 있지만."

"그래도 지금 너는 그 이야기를 믿고 싶은 거잖아? 말

하는 새가 모인 섬들이 먼 바다에, 남극과 가까운 바다
에 모여 있다는 이야기를."

"응. 난 그 얘기를 믿고 싶어. 거기 너를 위해 노노가
있다고 믿고 싶어."

노노의 이름을 들은 고고의 얼굴이 어두워졌다. 고고
도 믿고 싶어졌기 때문이었다.

망울의 창조 신화(2)

새로운 신은 검은 새의 모습으로 나타났다.

그는 처음 보는 얼음 나무가 마음에 들었다.

그래서 그 위에 자기 둥지를 짓고 알을 하나 낳았다.

얼음 나무는 처음 느껴보는 신성함에 행복해했다.

이 알을 잘 지키고 싶었다.

그러나 다음 날이 되자 또 눈이 내렸고,

눈송이로부터 새롭게 만들어진 두 번째 인간들은

얼음 나무 위에 내려앉아 알을 깨트려 버렸다.

돌아온 검은 새는 텅 빈 둥지에 앉아

하염없이 눈물을 흘렸다.

그 눈물이 얼음을 녹여

최초의 인간들 중

일부는 사라지고

일부는 다시 개별적으로 자유로운 상태가 되었다.

최초의 인간들은 두 번째 인간들에게 전쟁을 선포했다.

고고의 구멍

그러나 최초의 인간들은 수적으로 열세했기에

전쟁에서 졌다.

두 번째 인간들도 겨우 승리를 겨우 거두었을 뿐

그 피해가 막심했다.

그들은 갑자기 적어진 사람들의 수에서 오는 난관을

극복하기 위해

그들 하나하나가 커다래지고 강해지기로 결정했다.

그들은 주변에 있는 모든 것을 모조리 먹어치우며 앞으

로 앞으로 나아가기 시작했다.

열매와 알뿐 아니라 동물을 죽여 그 살을 먹기까지

했다.

곧 적도 가까이 도달한 그들의 자리는

모래와 바위의 폐허가 됐지만

그들은 처음보다 몇 배나 커진 뒤였으므로

만족했다.

한편 검은 새는 죽을 때가 되자

자신이 곧 죽으리라는 것을 알았다.

그래서 자신이 죽은 뒤 눕힐 자리를,

평화롭게 썩어서 흙이 될 자리를 찾아다녔다.

마침내 그 자리를 찾았을 때

그 소식을 들은 첫 번째 인류는 슬퍼했다.

그들은 검은 새가 죽는 것을 원하지 않았다.

그래서 그가 묻히기로 한 자리를 찾아 그 무덤의 구멍을 메워버렸다.

검은 새는 없어진 구멍을 찾기 위해

망울을 여러 바퀴 빙빙 돌았다.

그 날갯짓에서 만들어진 바람이

대지를 뒤덮고 모든 것을 날려버렸다.

검은 새는 쉬고 싶었지만 쉴 자리가 없었다.

죽은 알을 다시 품고 싶었지만 만날 방법이 없었다.

괴로움에 못 이겨 검은 새는 차츰 괴물이 되어갔다.

몸속에 괴로움이 가득 차

몸집이 커다랗게 부풀었고

부리에는 숯처럼 검고 뾰족한 이빨들이 돋아났다.

"나의 마지막 둥지는 어디에 있지?"

괴물 새가 물었다.

사람들은 덜덜 떨며 대답하지 않았다.

"나의 영원한 둥지는 어디에 있지?"

괴물 새가 다시 물었다.

사람들은 덜덜 떨며 대답하지 않았다.

괴물 새는 점점 더 커졌으며

그의 머릿속까지 먹빛으로 물들었다.

괴물 새는 이제 망울을 자신이 낳은 알이라고 착각하기
에 이르렀다.

그래서 그것을 자기 배 아래 품었다.

망울에 사는 온갖 사람들과 동물들과 식물들은

갑자기 찾아온 어둠에 놀랐으며 제대로 숨도 쉬지 못
했다.

사람들은 날카로운 창으로 검은 새의 배를 찔러 쫓아
내려 했으나

검은 새는 울부짖으며 비키지 않았다.

두 번째 인류는 그런 방식으로는 검은 새를 보낼 수 없
다는 것을 깨달았다.

그래서 그들은 거짓말을 하기로 결심했다.

그는 검은 새의 귀에다 속삭였다.

"이 알은 당신이 낳은 알이 아니라

당신이 나온 알이에요."

검은 새는 깜짝 놀라 두 다리로 일어섰다.

새는 자신이 태어난 알로부터 멀리 떨어지고자 하는 본

능을 가지고 있기에

그는 길게 울며 큰 날개를 펼쳐 망울을 떠났다.

그는 자신이 갓 태어난 새라고 생각했다.

그러나 이토록 늙고 지친 이유를 알 수 없었다.

제 3 장

1
큰 새의 입에서 아주 익숙하고도
낯선 이름이 흘러나왔다

고고가 탄 배는 순식간에 부서졌다. 고고는 빠른 속도
로 가라앉았는데, 언제나처럼 구멍 때문이었다. 바닷물
이 고고의 구멍을 아래서 위로 빠르게 통과하면서 고고
를 무겁게 내리눌렀다. 협곡에서 낭떠러지 밑으로 추락
하려는 몸을 공중에 띄우던 힘과 비슷한 힘이었다. 다만
지금은 가라앉고 있다는 점이 달랐다. 가라앉으면서 고
고는 지나온 여정들을 회상했다. 그러자 형언할 수 없는
피로가 몰려왔고 단 한 번의 발버둥도 없이 곧장 밑바닥
에 닿았다.

물살이 거세고 불안정한 중간 지대보다 더 아래로 내
려왔기 때문인지 해저 부근의 깊은 바다는 고요하고 평
화로웠다. 물의 온도도 따뜻했는데 이는 해저 화산 덕분

이었다. 거기서 간헐적으로 뜨거운 물이 분출하고 있었던 것이었다. 차차 정신을 차린 고고의 눈에 새 둥지처럼 생긴 것들이 보였다. 고고는 몸을 일으켜 그쪽으로 몸을 움직였다. 구멍 때문에 물속에서도 헤엄치는 것보다 걷는 게 더 편했다.

둥지들이 다양한 형태와 색깔을 지니고 있어 고고는 하나하나를 주의 깊게 봤다. 그러자 둥지에 나뭇가지 같은 자연물뿐 아니라 옷이나 신발 같은 인공적인 재료도 섞이어 있음을 알 수 있었다. 지도리는 물론 마을과 습지와 협곡에서 본 적 있는 천 조각과 가는 끈들이었다.

놀란 고고는 그것들을 하나하나 만져보았다. 고고가 다른 모든 둥지와 비교도 할 수 없을 정도로 몹시 낯이 익은, 거의 충격적일 정도로 낯익은 둥지 하나를 발견한 건 바로 그때였다. 고고는 그쪽으로 천천히 걸어갔다. '정말이야.' 숨이 막혀 희미해지는 정신으로도 고고는 확신했다. '노노가 나를 떠나기 전 마지막으로 입고 있던 옷의 천으로 지어진 거야.' 옷은 갈기갈기 찢긴 뒤 지푸라기처럼 엮이어 둥지를 형성하고 있었으며 그 위에 알 두 개가 앵두처럼 머리를 맞대고 가지런히 담겨 있었다. 고고는 순간적으로 배신감에 사로잡혀 그중 하나에 주먹을 내질렀다. 작은 소리와 함께 알이 깨지고 안에 들어 있던 것들이 바다로 흘러나오기 시작했다.

이윽고 첨벙 소리를 내며 커다란 새 한 마리가 부리를 아래로 한 채 고고가 있는 깊은 곳으로 쏜살같이 하강했다. 협곡인과 비슷한 크기의 거대한 새는 거센 물보라를 일으켰다. 주위를 떠다니는 알 껍데기를 눈으로 좇던 큰 새가 비명을 내지르고는 헤엄치듯 물속을 날아 고고를 찾았다. 자신의 목을 향해 다가오는 새의 발톱을 고고는 마지막 힘을 다해 손으로 붙들었다. 곧 새는 물 위로 솟구쳤다. 물속에서 퍼덕이던 날개를 물 밖으로 꺼내 힘차게 날아올랐다. 고고는 그제야 참았던 숨을 몰아쉬었다. 마침내 드문드문 떨어진 작은 섬들의 무리가 보이고 그중의 하나에 착지할 때까지 고고는 새의 발을 놓지 않았다.

"너 뭐야?"

고고를 바닥에 내던지듯 떨어뜨린 커다란 새가 사람의 말로 물었다. 낮고 거친 목소리. 협곡인들의 것이었다.

"정말 사람 말을 하는구나."

새는 대답 대신 고고의 몸통만큼 길고 두꺼운 부리를 커다랗게 벌리며 날개를 퍼덕거렸다. 분노와 슬픔으로 부푼 깃털들로 인해 그의 몸은 더욱 거대하고 위협적으로 느껴졌다. "너 마을인이지? 왜 거기 있었던 거야? 말해. 누가 너를 이리로 인도했지?"

고고는 여전히 엎드린 채 숨을 골랐다. '누가 나를 이리로 인도했냐고?' 외톨이로 걷고 뛰고 날던, 기고 헤엄치던, 그로 인해 부단히 넘어지고 추락하던 시간들과 공간들이 한 덩이 서러움으로 뭉쳐 목구멍을 메웠으므로, 고고는 숨을 몰아쉬며 몸을 웅크렸다. 웅크린 몸 위로 큰 새의 묵직하고 날카로운 발길질이 쏟아져 내렸다. 몸의 바깥쪽이 터지고 멍드는 것은 조금도 아프지 않았다. 몸속 깊은 곳에서 끓어오르는 것들이 진정으로 괴로웠기 때문이었다. 고고는 이를 꽉 깨문 채 질문에 더욱 골몰했다. '누가 나를 여기까지 데려왔냐고?' 고고는 피가 섞인 기침을 한 차례 내뱉었다. '누가?' 이제 큰 새는 고고의 목을 조르기 시작했다. 날카로운 발톱이 고고의 뒷목을 파고들었다. 불현듯 부르고 싶은 이름이 떠올랐다. 더는 부를 일 없다고 생각했던 이름이었다.

"노노."

마침내 고고가 대답했다. 아주 작은 목소리를 알아챈 큰 새의 발에서 힘이 빠졌다.

"…뭐라고?"

"노노."

"너 방금 뭐라고…"

"노노!"

화답하듯 높은 울음소리가 저 멀리서 한 차례 들려온 것은 그때였다. 소리는 반복되며 점차 가까워졌다. 고고는 천천히 그쪽으로 고개를 돌렸다. 고고와 비슷한 크기의 작은 새 한 마리가 이쪽을 향해 날아오고 있었다. 태어나 한 번도 본 적 없는 아름다운 새였다. 붉은 깃털이 빼곡한 날개가 꼭 마을의 붉은 외출용 담요처럼 보였다. 담요를 두르듯 날개를 접으며 새가 내려앉자 검은 머리에서 검은 깃이 두 갈래로 길게 내려와 엉덩이 아래서 흔들렸다. 그 밖의 것들은 전부 눈처럼 희었다. 거의 쓰지 못해 아주 가늘어진 다리까지도.

"노노."

큰 새의 입에서 아주 익숙하고도 낯선 이름이 흘러나 왔다. 더는 들을 일 없다고 생각했던 이름이었다.

173

2

노노(4)

마을에서 처음으로 새를 먹던 날, 사람들은 한밤중에 모여 모닥불을 피우고 그 위에 작은 솥을 얹었다. 솥에서 희고 짙은 연기가 오래 주린 이들의 초라한 입김들을 장악하며 덩어리로 솟아오를 때까지 아무도 움직이지 않았다. 솥 옆에 놓인 새의 시체는 이미 얼어 있었는데 차차 불의 온기에 의해 녹아내리며 기이한 생명감을 드러냈다. 그것은 조금씩 움직이거나 점점 더 축축해지며 윤기 나게 보였다. 뜬 채로 굳어버린 눈을 누군가 애써 감겨놓았으나 눈꺼풀은 절반쯤 다시 벌어져 있었고 그 안에 자리한 작은 눈동자는 아름다워서, 보는 이들로 하여금 눈이 마주치고 있다는 착각을 불러일으켰다. 저 뒤쪽에 서 있던 누군가 더 이상 참을 수 없다는 듯 앞으로 나와 새의 시체를 집어 올리더니 그대로 끓는 물 속에 집어넣었다. 어리거나 늙은 이들이 비명을 참았다. 새의 시체를 솥에 넣은 자가 그대로 뒤돌아 신성한 내리막쪽으로 달려가는 것을 그의 쌍둥이가 안아 붙들었고 주위의 다른 이웃들이 그의 손을 잡아 팔과 어깨를 쓸어주었다. 그러자 그는 고개를 푹 숙인 채 다시 대열에 합류해 주저앉았다.

곧 사람들의 배 속을 자극하는 어떤 냄새가 솥 안에서 피어올랐다. 지린내와 비슷한 비린내였다. 즉각적으로 강한 허기를 느끼는 자들도 있었고 즉각적으로 강한 역겨움을 느끼는 자들도 있었다. 그들 중 몇몇이 나서서 솥 안에 향신료나 얼마 남지 않은 말린 식물 등을 집어넣었다. 그러자 냄새는 더욱 다채로워졌고 새로워졌으며 향긋해졌다. 다른 누군가 나서서 긴 주걱으로 솥 안을 휘젓자 새의 시체가 부드럽게 뭉개지며 고루 흩어졌다. 모두가 눈을 질끈 감고 입술을 꽉 깨무는 사이로 누군가 울음을 터뜨렸는데 바로 노노였다. 노노의 울음은 너무 컸고, 고고는 황급히 노노의 입을 틀어막았다. 노노는 거칠게 고고의 손을 뿌리쳤다. 노노는 어떤 충격에 빠져 울음을 멈춘 사람처럼 보였다. 고고는 노노를 껴안아 주려 했지만 노노가 고고의 가슴을 밀쳐냈고 고고가 노노의 팔과 어깨를 쓸어주자 아주 나쁜 사람을 바라보듯 고고를 응시했다. 고고는 붉어진 얼굴로 고개를 돌려 앞을 쳐다보았다. 노노가 자신을 계속 노려보고 있다는 사실을 알면서 모른 척 앞만 쳐다보았다. 그것이 노노에게 더 큰 상처가 되리라는 것을 알면서도 고집스레 앞을 쳐다보았다.

새의 시체를 넣고 끓인 국이 완성되자 자연스럽게 줄이 지어졌다. 어떻게든 솥 앞쪽으로 가려는 자들과 솥 뒤쪽으로 가려는 자들이 나뉘었기 때문이었다. 그때 붙잡고 있던 고고와 노노의 손이 서로에 의해 앞뒤로 당겨졌다. 고고는 앞으로 가려는 쪽이었고 노노는 뒤로 가려는 쪽이었다. 그 장력을 깨달은 둘은 더없이 실망스러운 얼굴로 서로를 잠시 마주 보았다. 누가 먼저랄 것도 없이 탁, 손이 놓였다. 배가 고파 예민한 두 사람의 신경에 그 소리는 화살처럼 날카로운 상흔을 남겼다. 그 상처는 둘 모두의 허기가 진정된 뒤에도 쉬이 낫지 않았다.

마을인들이 한자리에 모여 큰 솥에 국을 끓여 먹는 의식은 일주일 간격으로 세 번씩 반복되었다.

첫째 날, 노노는 제 몫으로 분배받은 국을 가장 배고파 보이는 다른 이에게 양보했다. 양보를 받은 사람도, 그들을 지켜보던 사람도 모두 노노의 태도에 모욕감을 느낀 것은 예상 밖의 일이었다. 사람들은 노노에게 자신들의 모욕을 되돌려 주고자 했는데 이는 노노와 고고를 향한 집단 행동으로 이어졌다. 온 마을 사람들이 노노와 고고를 둘러싸고 침을 뱉거나 발을 굴렀다. 욕설을 퍼부었다. 이는 고고가 자신의 몫으로 받은 국에서 국물 한 숟가락을 떠 노노에게 먹일 때까지 계속되었는데 잔뜩 겁에 질린 노노가 입을 벌려 사람들에게 그 안을 보여줌으로써 자신이 그 국물을 정말로 삼켰음을 증명하기 전까지 끝나지 않았다. 노노를 향해 세워진 사람들의 가시는 사그라들기 전 잠시 고고를 향했다. 사람들을 향해 세워진 노노의 가시도 마찬가지였다. 고고는 그것에 거의 참을 수 없는 분노를 느꼈는데, 무엇보다도 고고는 아직 배가 고팠고 노노에게 주어야만 했던 그 국물 한 숟가락이 몹시 절실했기 때문이었다.

둘째 날, 노노는 새를 끓인 국물도 먹지 않았다. 새를 끓인 국물을 먹는 게 허락되지 않았기 때문이었다. "새의 살은 먹지 않으면서 새를 끓인 국물은 먹겠다고?" 누군가 비아냥거렸다. 노노는 노노대로 얼굴이 붉어져 무어라 맞받아쳤지만 많은 사람들의 웅성거림에 묻혀 들리지 않았다. 그 뒤로 노노에게는 평범한 음식들, 새알은 물론이고 견과나 말린 열매 따위도 돌아가지 않았다. '새의 살은 먹지 않으면서.' 여전히 그 이유였다. 고고는 노노에게 자신의 몫을 나누어 먹였지만 그 과정이 언제나 친절하고 다정하지는 못했다. 고고도 고고대로 늘 배가 고팠던 것이었다.

"나는 최선을 다해 참고 있어." 셋째 날을 앞둔 밤에 고고는 그릇을 닦다 불쑥 노노에게 말했다. "뭘?" 노노가 멍한 눈으로 되물었다. "네가 이러는 거." 고고가 대답했다. 노노가 더 이상 멍하지 않은 눈으로 고고를 쳐다보다 "나를?" 하고 물었다. 그릇을 다 정리한 고고가 숨을 크게 들이쉬며 노노를 향해 고개를 돌렸다. 노노를 쳐다보았다. 자신의 눈 안에서 무언가 쏟아져 나와 노노를 다치게 하고 있음을 고고는 느낄 수 있었다. 하지만 그것을 그만둘 수 없었다. 그것은 고고의 안에서 고고를 고통스럽게 하던 것들이었다. 노노는 한참 그 시선을 받아내다 천천히 고개를 돌려 마주 보는 것을 멈추었다. 고고는 아무 말도 덧붙이지 않고 잠자리로 기어들어 가 노노를 등지고 누웠다.

셋째 날, 노노는 결국 새의 살을 먹었다. 노노가 줄 앞으로 다가서자 모두가 자리를 비켜주었다. 몇몇은 노노에게 따뜻한 미소를 보내기도 했다. '이건 마치…' 노노는 생각했다. '홀로둥이로 지내다 마침내 고고와 켤레를 이루게 됐을 때 갑작스레 호의적으로 변하던 마을 사람들의 눈빛을 떠올리게 해.' 노노는 바싹 마른 입에 새의 살을 넣고 씹었다. 하지만 이번에는 고고도 다른 마을 사람들과 함께 노노를 보고 있다는 점이 달랐다. 노노는 현기증에 가까운 외로움을 느끼며 아직 다 씹지 않은 새의 살을 목구멍으로 넘겼다. 그 조그만 살덩어리가 빈 배 속에 씨앗처럼 툭 떨어지는 순간 노노는 자신이 이 감각을 영원히 잊지 못하리라 직감했다. 혹은, 영원히 잊지 않겠다고 다짐했다.

3
노래는 끝없이 반복되었다

"고고, 버려진 사람은 새가 되어야만 해. 다른 둥지까지 날아갈 수 있어야 하니까."

섬의 가장자리 절벽에 걸터앉아 노노새는 말했다. 고고는 노노새의 말을 곧바로 이해할 수 없었다. 그것은 영원히 다시 볼 수 없을 것이라 여겼던 노노와 지금 함께 앉아 있다는 충격 때문이기도 했고, 그럼에도 불구하고 가슴의 구멍이 조금도 메워지지 않고 그대로라는 실망 때문이기도 했다. 그러나 무엇보다도 큰 이유는 노노새가 스스로를 버려진 사람이라고 지칭한 데서 온 혼란에 있었다. '날개를 달고 우리의 집을, 마을을 떠난 건 바로 너였어, 노노.' 고고는 그 말을 곱씹느라 몇 초의 시간을 흘려보냈다.

"내가 너를 버렸다는 거야? 그래서 네가 새가 되었고 나를 떠났다는 거야?"

한참 만에 고고가 되물었다.

"꼭 너에 대한 말은 아니야."

"그러면?"

"마을이 나를 버렸지. 그랬잖아. 고고, 왜 너는 새가 되지 않았어?"

고고는 생각지도 못한 질문에 어안이벙벙해져 노노새를 멍하니 바라보았다.

"너는 왜 새가 되지 않고 나 혼자 새가 되도록 남겨둔 거야, 고고?"

"···노노야."

"응, 고고."

"나는 네가 나에게 미안하다고 말할 줄 알았어, 우리가 다시 만나면."

"내가 너에게?"

지금 고고에게 되묻고 있는 노노새는 정말 완연한 새의 모습이었다. 여전히 다리를 쓰지 못했지만 노노새에게 그것은 아무런 문제도 되지 않았다. 그래서 고고는 노노새의 선택을 이해할 수 있었다. 다만 고고는 노노새가 지금처럼 살기 위해 고고를 희생시켰다는 생각을 저

버릴 수가 없었다. 자유로이 살기 위한 대가로, 고상하게 살기 위한 대가로 자신을 지불했다는 생각을 떨쳐버릴 수가 없었다. 자신이었다면 그렇게 하지 않았을 것 같다는 생각도 했다. '나였다면.' 고고는 생각했다. 한참 어깨를 들썩이며 생각했다. 자신은 노노를 선택했을 거라고. 옆에 있는 노노를 지키기 위해 다른 무언가를 포기했을 거라고. 그러니 잘못한 쪽은 자신이 아니라 노노라고. 노노와 다른 마을 사람들이라고. 그렇게 생각하던 고고의 머리에 차가운 눈송이가 떨어지듯 갑작스러운 의심이 피어났다. '그게 가능한가?' 고고는 생각했다. '모두가 잘못을 저질렀는데 거기서 나만은 예외라는 게 가능한 일인가?'

"고고, 나는 많이 아팠어. 떠날 수밖에 없는 병이었어. 그리고 내가 아팠던 건 너에게 미안해야 할 일이 아냐. 너를 비롯해 누구에게도. 그리고 내가 아팠던 데에는 네 탓도 있어." 노노새는 천천히 생각을 정리해 이야기했다.

"내가 협곡에 있을 때 처음 만난 협곡인은 내가 아픈 자라고 생각했어. 단순히 그보다, 평범한 협곡인들보다 몸이 작기 때문에 내가 아픈 사람이라고 규정했지."

"그때 너는 어땠는데? 네가 아프다고 생각했니?"

"나는 내가 아픈 사람이라고 생각 안 했어."

"나와는 반대였던 거지. 난 아팠는데 그걸 알아주는 사람이 나밖에 없었던 거야."

노노새는 여기서 다른 새들과 바구니를 만드는 일을 하고 있다고 했다. 새들은 한 번 사용한 둥지에다가는 다시 알을 낳지 않기 때문에 다 쓴 둥지를 손보고 손잡이를 매달아 바구니로 만들어 쓴다고. 그러나 고고는 노노새가 무슨 말을 하든 간에 그의 얼굴만 뚫어져라 쳐다보고 있을 뿐이었다. 노노새는 작은 한숨을 내쉰 뒤 말했다. "바구니 만드는 노래 들어볼래?"

둥지의 주인은 새
바구니의 주인은 바구니
빈 둥지는 둥지의 끝
빈 바구니는 바구니의 시작

노래는 끝없이 반복되었다. 노노새는 더 이상 무언가를 견디지 못하겠다는 듯 날개를 퍼덕거리며 훌쩍 날아갔다가 다시 돌아와 고고 옆에 앉았다. "네가 보고 싶었어, 고고." 그러고는 다시 날아가 버렸고 그날은 두 번 다시 돌아오지 않았다.

4
마을을 구하려는 게 아니라
너를 구하려는 거야

둘은 자신의 잘못이 없다고 생각하는 게 아니라, 자신의 잘못은 상대의 잘못에 따른 결과라고 생각하고 있었으므로 화해가 더욱 어려웠다. 고고는 새가 먼저냐 알이 먼저냐로 이어지곤 했던 마을의 수수께끼를 떠올렸다. 마을인들은 이 수수께끼의 풀이를 '답은 없다'로 마무리했지만, 어린 고고는 자못 확실히 '답은 있다'라고 생각했었다. 우리가 답을 모르는 것과 답이 없다고 결론짓는 것에는 큰 차이가 있다고 생각한 것이었다. 그러나 지금은 생각이 확실하게 맺어지지 않았다. 답이 없는 것과 답을 모르는 것 사이에 큰 차이가 없는 것처럼 느껴졌다. 답이 중요하지 않은 것 같기도 했다. 사실 지금 중요한 건 아무것도 없다고 생각되기도 했다. 그러니까… 노노외에는.

노노새도 마찬가지였다. 뾰로통한 채 오래 있을 수는 없었다. 그들이 가지고 있었던 그리움은 서로에 대한 원망과 서러움을 다 합하고서 몇 배나 곱한 것보다도 더욱 커져 있었기 때문이었다. 둘은 곧 예전처럼 하루의 대부분을 함께 보냈다. 고고는 노노새에게 마을이 빠르게 녹기 시작한 이유에 대해, 새들의 구멍과 세상의 무덤에 대해 이야기했다. 이를 이야기하기 위해 비비낙안과 금의 이야기도 해야 했다. 노노새는 노노새대로 노노새의 이야기를 들려주었다.

"함께 살고 있는 새가 있어."

노노새는 작고 검은, 머리의 양옆에 달린 구슬처럼 예쁜 눈을 깜박이며 이야기했다.

"그 새는 원래 협곡인이었대. 만나보고 싶니?"

"날 이리로 데려온 게 그였는걸."

"내 말은, 제대로 말이야. 인사하고 싶은지."

"나중에."

고고가 대답하자 노노새는 날개를 으쓱해 보였다. "좋을 대로."

고고가 마을로 돌아갈 시기나 방법에 대한 논의는 노노새와의 대화에서 얼마간 암묵적으로 무시되었다. 그러나 계속 그렇게 외면한 채로 지낼 수는 없었다. 지금 이 순간에도 마을은 계속 녹고 있었으므로. 또한 고고는 고고대로, 새들이 구해다 준 꽤 많은 양의 음식으로도 기력을 유지하기 힘들었다.

"만약 내가 행복한 죽음을 맞는 게 목적이라면 나는 여기 머무는 편이 나아. 노노 네가 여기 있으니까. 남은 생을 자유롭게 보내는 게 목적이라면 다시 습지로 가는 게 나을 테고, 하루하루 연명하는 데 만족할 수 있다면 나에게 충분한 음식과 물을 제공할 수 있는 협곡으로 가야겠지. 하지만 망울을 구하고 싶다면 마을로 가야 해. 마을에는 행복한 죽음의 가능성도, 자유의 가능성도, 삶의 가능성도 없어. 하지만 나는 마을로 갈 거야."

"마을 사람들은 우리를 버렸는데 너는 마을을 구하려 하는구나."

"마을을 구하려는 게 아니라 너를 구하려는 거야."

"나를?"

"마을이 녹아 습지까지 물에 잠기면 남반구도 온전하지는 못하겠지. 뜨거운 나무와 차가운 나무는 연결되어 있잖아. 신화에서도 그랬어. 뜨거운 나무가 뜨거움을 잃자 차가운 나무도 녹아버렸다고."

"망울의 창조 신화 말이지?" 노노새가 물었다.

"응." 고고가 대답했다.

"남반구에 전해 내려오는 창조 신화는 우리가 마을에서 배운 것과 좀 다르게 끝난다는 거 알고 있니?"

"아니, 몰랐어."

"마을에서 배운 신화는 아마 두 번째 인류가 괴물 새를 쫓아내는 데 성공하는 것으로 끝나지? 그 내용까지는 크게 다르지 않지만 그 뒷이야기가 여기서는, 새들에게는 전해지고 있어."

"그 뒷이야기가 있어?"

"응. 괴물 새가 떠나고 그 뒤의 이야기."

"궁금해."

"들려줘?"

"들려줘, 그 뒷이야기를."

5

그래서 그렇게 작고 연약한 거라고

남반구에 전해 오는 창조 신화 후반부의 특이점이라 할 만한 것은, 남반구 사람들이, 그러니까 지도리인들이 어떻게 탄생했는지가 언급되지 않는다는 것이었다. 신화에 제시된 순서대로라면 그들은 마을인과 협곡인에 이어 세 번째 인류로 등장했어야 했다.

이에 관해 고고가 묻자 노노새는 웃으며, "그래서 우리는 농담 삼아 그들을 어린 새라고 불러. 인간이 아니라 아직 날지 못하는 새끼 새. 그래서 그렇게 작고 연약한 거라고"라고 대답했다. 커다란 소리로 웃는 노노새가 얼마나 커 보였는지를, 강해 보였는지를 고고는 놀라는 동시에 받아들였다. 노노새는 여기서 더 이상 아픈 다리를 가진 사람이 아니었다. 강한 날개를 가진 새, 사람의 말을 할 수 있는 새였다.

"내가 전에 말했던, 나랑 같이 산다는 새 있잖아." 노노새가 말했다. "그에게 고고 네 얘기를 했거든. 그랬더니 데려다주겠다더라. 마을까지 말이야."

"싫어." 고고가 대답했다. 자신의 단호함에 움찔 놀라 황급히 뒷말을 덧붙였다. "누구 등에 업혀 가는 건 싫어. 새든, 사람이든, 하나의 몸에 의지해 목적지까지 가는 건 더 안 할 거야." 꼭 비비낙안을 생각하며 한 말도 아니었고 금이를 생각하며 한 말도 아니었지만 고고는 둘 모두를 떠올릴 수밖에 없었다. "나 혼자서 갈 수 없다면 차라리 많은 이들의 도움을 받게 해줘. 어차피 내가 하려는 일은 너를 위한 일이기도 하지만 우리 모두를 위한 일이기도 하니까." 고고의 말에 노노새는 고개를 끄덕였다.

"그러면 아주 여러 마리의 새가 네 이동을 도와주는 건 괜찮다는 거야?"

"응. 많으면 많을수록 좋지. 한 마리, 한 마리의 힘이 덜해지니까."

'더해지는 것 아닌가?' 노노새는 생각했지만 되묻지 않고 고고를 향해 고개를 끄덕였다. 그러자 고고도 웃으며 노노새를 향해 고개를 끄덕였다. '고고는 예전의 고고가 아니야.' 노노새는 생각하다 알 수 없는 슬픔에 사로 잡혀 날개를 펼쳐 날아갔다.

그 뒤로 노노새는 아주 바빠졌다. 말하는 새들이 인간들에 대해, 특히 북반구의 인간들에 대해 가지고 있는 악감정을 뚫고 그들에게 고고를 도와달라고 요청해야 했기 때문이었다. 그러나 뜻밖에도 도와줄 새들을 구하는 건 그리 어렵지 않았다. 큰 새들이 전부 부리를 들었던 것이다. 이전에 협곡인이던 그들은 이 사태에 대해 죄책감을 느끼고 있었고, 그를 드러내는 데 주저함이 없었다.

"지금 우리들은 분명 협곡인이 아니지만, 새이지만," 누누중총이라는 이름의 새가 말했다. "과거 협곡인이었던 새로서 유감을 느껴."

"미안하다는 건가?" 고고가 물었다.

"아니." 누누중총새가 대답했다. "미안함과는 달라. 미안하다는 건 내 잘못이라는 거잖아. 죗값을 다 치를 때까지는 앞으로 어떤 상황이 와도 행복하지 않겠다는 다짐이기도 하고. 그런데 나는 앞으로도 새로서 행복할 거거든. 다만 힘과 지혜를 지닌 자로서 책임을 느낄 뿐이야."

고고는 그의 말을 즉각적으로 이해할 수는 없었지만

이해한 척 고개를 끄덕였다. 그가 바로 노노와 함께 사는 새이기 때문이었다. 고고는 자신이 누누중총새에게 느끼는 감정이 무엇인지 혼란스러웠다. 고고는 사람이고, 결코 새가 되고 싶지는 않았지만 누누중총새가 되고 싶다는 생각은 종종 했다. 그러면서도 때로는 그와 완전히 다른 자신의 몸과 생각에서 뿌듯함을 느끼기도 하는 것이었다. 곁에서 지켜보던 노노새는 고고의 복잡한 표정을 살펴보다 자기도 모르게 살며시 미소를 지었다. 고고의 둥근 뒷모습이 자신의 알과도 닮아 보인다는 생각을 했지만 누누중총새에게 이야기하지는 않았다. 조용히 애틋해할 뿐이었다.

새들의 도움을 받아 고고가 북반구로, 마을로 돌아갈 방법은 쉽게 결정되었다. 고고가 들어갈 수 있을 정도로 큰 바구니에 줄을 여러 개 연결하고 그 줄을 각각 새들의 몸에 묶어 그들이 날아 바구니 속 고고를 운반하도록 하는 안이었다.

커다란 바구니를 만드는 일도, 바구니를 매달고 나는 일도 새들에게는 아주 특별한 일이었으므로 참여를 원하는 새들은 점점 더 많아졌다. 그들에게 업무를 분배하고 그들과 시간을 보내느라 고고와 노노새는 함께 있을 짬이 잘 나지 않았다. 가끔 일터에서 마주치거나 식사를 함께할 때 짧은 대화를 나누는 것이 전부였지만 고고도 노노새도 그것으로 만족했다. 노노새는 주로 고고의 구멍에 관해 이야기했다. 그것을 염려해 주고 가엾게 여기는 것이었다.

"많이 아프니?"

"종종 아파."

"구멍이 생기다니. 그것도 가슴에."

"그러게 말야."

"혹시 나 때문일까?"

고고는 다정하고 침착한 눈빛으로 노노를 응시했다.

"너를 만나기 전까지는 나도 그렇게 생각했어. 다시 너를 만나 너와 지낼 수 있게 되면 구멍이 사라질 거라고."

"그런데 사라지지 않았구나."

"보시다시피."

"그렇다면 네가 잃어버린 건 내가 아니라는 뜻이네."

"뭐?"

"네 가슴에서 빠져버린 거, 그거 나 아니야. 다른 거야. 넌 그걸 찾아야 해."

고고는 잠시 머뭇거리다 대답했다.

"네가 찾아줄 수 있지 않을까. 내가 잃어버린 게 너는 아니라 해도, 나는 너를 잃고 나서 이것도 잃었어."

"함께 찾아줄 용의는 있어. 그러나,"

"그러나?"

"나는 별로 도움이 되지 않을 거야. 난 알아. 결국 네가 찾아야 할 거야. 스스로."

고고는 '모든 상처는 안팎으로 아문다'던 비비낙안의 말을 떠올렸고, 그로 인해 아주 오랜만에 비비낙안의 얼굴을 떠올렸다. 그러자 반사적으로 입을 맞대고 있던 비비낙안과 비비유지의 모습이 떠올랐다. 고고는 이제 자신이 그 장면에 관해 거의 아무런 충격도 분노도 느끼지 못한다는 사실을 알아차렸다. 다만 어떤 쓸쓸함이 있어 아주 쓴 열매를 먹고 난 뒤처럼 목구멍 뒤를 씁쓸하게 만들 뿐이었다.

"노노, 너도 누누중총과 부리를 맞대니?"

"뭐라고?"

갑작스러운 고고의 질문에 노노새가 웃음을 터뜨렸다.

"아니야. 잊어버려."

고고가 얼굴이 빨개져 고개를 돌리자 노노새는 잠시 고고를 쳐다보더니 고고에게 가까이 다가갔다. 그러고는 고고의 입술에 살며시 자신의 부리를 가져다 댔다가

떼었다. 그러자 고고의 눈에서 눈물이 흘렀다.

"마을에서 네 장례식을 했어. 내가 사람들한테 네가 죽었다고 말했거든. 네가 새로 변해 날아갔다고 하면 사람들이 너를 찾을까 봐. 네 날개를 부러뜨려 내 옆에 도로 데려다 놓을까 봐."

"고고."

"네가 없으면 나도 없다고 생각했는데 네 장례를 치르고 나니 살겠더라. 오랜만에 깊게 단잠을 잤어. 깨자마자 울어버렸지만."

마을에서 추방되던 날 이후로 어떤 일이 있어도 흘리지 않았던 눈물은 한번 흐르기 시작하자 멈추지 않고 흘렀다. 고고는 울음을 전혀 주체할 수 없었다. 울음이 이끄는 대로 고고는 울었다. 노노새는 마을의 눈사람처럼 고고가 이대로 녹아 사라질까 봐 덜컥 겁이 나 고고를 끌어안았다. 그러자 고고의 울음은 더욱 커다래졌고 따뜻한 눈물도 더욱 많이 흘러나왔다. 노노새는 어느샌가 자신도 울고 있다는 사실을 깨달았는데, 고고가 젖은 얼굴로 자신의 얼굴을 닦아주고 있었기 때문이었다.

"노노, 미안하다는 건 앞으로 어떤 상황이 와도 절대 행복해지지 않겠다는 다짐이랬어. 너는 어땠어? 나를 떠나서 미안해? 지금 너는 행복하니?"

"미안했어, 고고."

"미안했어, 노노."

둘은 꼭 듣고 싶었던 말을 들은 듯 미소지었다.

6
노노새는 생각했다

바구니를 타고 나는 훈련은 춥고 무섭지만 재미있었다. 가슴에 뚫린 구멍으로 공기가 자유로이 빠져나갔기에 바람의 저항에는 맞설 필요가 없었지만, 시림을 견뎌야 했다. 차가움 자체보다는 구멍의 존재감을 느끼는 것이 더욱 힘이 들었다. 자기 가슴에, 적어도 그 중심에 아무것도 존재하지 않는다는 사실은 어쩌면 끝끝내 익숙해지지 않는 것인지도 몰랐다.

그런 생각에 침울해질 때면 고고는 새들을 졸라서 바람이 잘 부는 높은 산맥에 내려앉은 뒤 '함께 날기'를 하자고 청했다. 이름은 다정했지만 사실상 시합이나 다름없었기 때문에 놀이를 좋아하는 새들은 모두 즐겁게 수락했다. 그들은 고고의 곁에서 재재대며 고고가 바람을 안고 떠오르기를 기다렸다. 그 순간을 기다리기는 고고도 마찬가지였다. 고고는 팔다리를 이어 지은 외투를 입고 몸을 쫙 펼친 채 기다렸다. 몇 차례 크고 작은 바람이 지나며 고고의 몸을 흔들었다. 넘어지지 않고 버티다 보면 얼마 지나지 않아 아주 세고 긴 바람이 파도처럼 밀려들었다. 바람이 고고의 구멍을 관통하면 고고의 발이 서서히 지면에서 들렸다. 그것이 출발 신호였다. 새들은 한 번 큰 소리로 높은 음을 내지르고는 날개를 퍼덕여 날아올랐다. 그리고 벌써 바람을 타고 미끄러져 나아가기 시작한 고고의 뒤를 따라 날았다.

'고고는 함께 날기를 할 때 늘 다른 새들보다 더 높고 빠르게 날 수 있었어.'

노노새는 생각했다.

'새들 모두가 고고의 뒤에 있었기 때문에 아무도 고고의 표정을 보지 못했지. 딱 한 번 고고가 뒤를 돌아봤는데 활짝 웃고 있었어.'

노노새는 생각했다.

'날개가 있는 이에게는 나는 게 행복이고, 날개가 없는 이에게는 날지 않는 게 행복일 거라고 고고는 말했었어. 하지만 그때 고고는 분명 행복했던 거야. 나 없이도. 어쩌면, 내가 없어서.'

노노새는 생각했다.

망울의 창조 신화(3)

검은 새가 떠난 후

망울이 정말 하나의 알이기라도 했던 것처럼

새로운 새의 탄생이 임박하고 있는 것처럼

겉면을 둘러싼 땅이 얇아지며 지진이 일어나기 시작

했다.

지진의 공포에 떨던 사람들은

땅이 산산조각이 나는 상황을 막기 위해

힘을 합쳐 망울 속의 새끼 새를 죽이기로 결심했다.

첫 번째 사람들과 두 번째 사람들은

힘을 합쳐 행성의 북극에 구멍을 내고

그 속으로 온갖 해로운 것들을

나쁘고 독한 것들을 던져 넣었다.

그것들이 모여 망울 안에 새끼 새를 만들었다.

그는 아직 완전히 발달하지 않은 상태였지만

밖으로 나가야 한다고 생각하게 됐다.

고고의 구멍

그는 부리로 난각과 난각막을 붙들고 몸을 회전시키기
시작했다.
그러자 남극이 둥그런 뚜껑처럼 열리기 시작했다.
마침내 어린 새가 알 밖으로 나왔다.
채 흡수되지 못한 난황이 끌려 나오며 터져 흘러
남쪽에 큰 바다를 이루었다.

새끼 새의 울음소리를 듣고 괴물 새가 다시 날아왔다.
괴물 새가 새끼 새를 보자
그의 부리에서 검은 이빨이 빠져 땅으로 떨어져 산맥을
이루었고
괴물 새는 본래의 검은 새로 돌아왔다.

새끼 새는 너무 일찍 태어나 걸을 수 없었다.
그러나 날개에는 지장이 없었다.
검은 새는 새끼 새가 비행을 할 수 있을 때까지 곁을 지
키며
매일매일의 뜨거운 나무와 차가운 나무를 꺾어
그 가지로 둥근 모양의 물건을 만들었다.

사람들은 새가 둥지를 짓는 것이라고 생각했고

둥지를 다 지으면 그곳에 또 알을 낳으리라고 예상
했다.
그 알을 먹을 수 있으리라고 예상했다.

하지만 검은 새가 완성한 것은 둥지가 아니라 바구니
였다.
사람들은 새들이 무엇을 담으려
저렇게 커다란 바구니를 만든 것일지 궁금해했다.

새들은 바구니를 물고
눈과 얼음으로 뒤덮인 다른 행성으로 날아가
눈과 얼음을 퍼 와서는
바구니째 망울의 북극에 떨어뜨렸다.

희게 뒤덮인 망울은 커다란 눈송이가 되었다.
그러자 그것은 눈송이로서,
다른 수많은 눈송이들과 함께
하강하기 시작했다.

단 하나의 눈송이로서,
수억 개의 눈송이 가운데 하나의 눈송이로서,

고고의 구멍

팔과 다리가 자라나 하나의 인간으로 우뚝 서기를 기
다리며,
하나의 신이었던 시절과
하나의 세계였던 시절을
잊어버리면서
눈송이는 그렇게 하강하고 또 하강했다.
그리고 생각했다.

'나는 자유자재로 허공을 활보하는 존재야.'

내가 기억하기 어려울 만큼 오래전부터 구상한 이야기라고 생각된다. 내 기억 속에서 이 소설을 구상하는 나는 종종 어린이다. 공터에 앉아 새들에게 먹을 걸 주며 해 지는 것을 보고 있다. 새들에게 먹이를 주지만 새들을 보지는 않는다. 언젠가 한번 어떤 새를 관찰하다 다리에서 상처를 발견한 이후 같은 경험을 다시 하게 될까 두려운 것이다. 그래서 나는 최근까지도 새를 볼 때 새를 제대로 쳐다보지 않았다. 죽은 새를 본 길로는 두번 다시 다니지 않았다. 그렇게 한 이십 년 살다 보니 문득 돌아본 과거가 전부 흐릿했다. 나는 혼자였고 여기 있었으며 그뿐이었다. 자꾸 뚜벅뚜벅 어디론가 향하는, 겁 없이 누군가를 만나는 이들의 이야기를 짓게 된 건 아마 그 때문인지도 모르겠다.

이 소설을 쓰는 동안 앞에 놓인 이들과 길들을 제대로 쳐다보려 노력했다. 그 과정에서 오랜만에 제대로 상처받았음을 밝힌다. 나를 죽일 수 없는 고통은 나를 더 강하게 만들 뿐이라는데 두고 볼 일이다. 만약 내가 정말로 강해지는 데 성공한다면 꼭 해보고 싶은 일 한 가지. (   )를 사랑한 만큼 다른 누군가를 사랑해 보는 것. 그토록 크고 세고 영원한 사랑을 다시 마음속에 품어보는 것.

( )에게

너 없이 살아야 하는 날들이 찾아왔을 때 나는 하나의 사실을 깨달았다. 나는 너의 있음으로 살았듯 너의 없음으로도 살 수 있다는 것. 없는 네가 있는 나와 계속 함께할 수 있다는 것. 너의 부재와 너의 존재가 반대말이 아니라는 것. 너의 죽음이 너의 삶과 그렇듯이. 너의 삶이 너의 죽음과 그랬듯이.

2023년 겨울

현호정

고고의 구멍

초판 1쇄 찍은날   2023년 3월 8일
초판 1쇄 펴낸날   2023년 3월 22일

지은이   현호정
펴낸이   한성봉
편집   김학제 · 신소윤 · 권지연 · 전소연 · 문정민
콘텐츠제작   안상준
디자인   권선우
마케팅   박신용 · 오주형 · 강은혜 · 박민지 · 이예지
경영지원   국지연 · 강지선
펴낸곳   허블
등록   2017년 4월 24일 제2017-000050호
주소   서울시 중구 퇴계로30길 15-8 [필동1가 26] 2층
페이스북   www.facebook.com/dongasiabooks
트위터   twitter.com/in_hubble
인스타그램   www.instagram.com/dongasiabook
블로그   blog.naver.com/dongasiabook
홈페이지   hubble.page
전자우편   dongasiabook@naver.com
전화   02) 757-9724, 5
팩스   02) 757-9726

ISBN   979-11-90090-93-3 03810

※ 이 책은 서울특별시, 서울문화재단 '2023년 창작집 발간 지원사업'의 지원을 받아 발간되었습니다.
※ 허블은 동아시아 출판사의 SF 브랜드입니다.
※ 잘못된 책은 구입하신 서점에서 바꿔드립니다.

만든 사람들
책임편집   김학제
크로스교열   안상준
디자인   studio forb
본문 조판   최세정